현대무림
지존

현대 무림 지존 7

현윤 장편소설

초판 1쇄 찍은 날 § 2017년 3월 17일
초판 1쇄 펴낸 날 § 2017년 3월 24일

지은이 § 현윤
펴낸이 § 서경석

편집책임 § 최지원

펴낸곳 § 도서출판 청어람
등록번호 § 제387-1999-000006호
등록일자 § 1999. 5. 31
어람번호 § 제1-2655호

주소 § 경기도 부천시 부일로 483번길 40 서경B/D 3F (우) 14640
전화 § 032-656-4452 팩스 § 032-656-4453
http://www.chungeoram.com
E-mail § chungeorambook@daum.net

ISBN 979-11-04-91238-2 04810
ISBN 979-11-04-91013-5 (세트)

[완결]

현윤 장편소설

FUSION FANTASTIC STORY

현대무림지존

도서출판 청어람

차례

C O N T E N T S

현대무림 지존

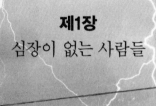

제1장
심장이 없는 사람들

잔잔한 파도가 일렁이는 바닷가로 수많은 목숨으로 이뤄진 붉은 물결이 스며들었다.

쪽빛 바닷물에 아지랑이처럼 섞인 피로 연안이 새빨갛게 물들어 버렸다.

태하는 자신의 곁을 스치고 지나가는 엄청난 숫자의 검기를 향해 검을 길게 내저었다.

부웅!

금강석으로 이뤄진 그의 검에 암기가 닿자마자 그 끝이 부식되어 더 이상 쓸 수 없게 되어버렸다.

"독으로는 거의 정점을 찍은 모양이군."

"더 이상은 무리야. 이대로는 우리 모두 전멸하고 말 걸세."

장치순과 그 사형제들은 거의 모든 제자를 잃고 자신의 목숨 하나 부지하기도 힘든 상황이었다.

그나마 목숨을 부지한 그들 역시 이 자리를 떠나지 않으면 금세 저세상으로 떠나고 말 듯했다.

태하는 여기서 결정을 내려야 함을 절감했다.

"…아깝군."

당희윤을 지금 이 자리에서 사로잡으면 청야성에 조금 더 가까워질 수 있지만 잘못하면 무림연맹의 주축을 모두 잃을 수도 있었다.

그는 어쩔 수 없이 퇴각을 선택할 수밖에 없었다.

"이 보 전진을 위한 일 보 후퇴를 선택하는 것이 좋겠습니다."

"그래, 내 생각도 그러하네."

장치순은 필살의 각오로 싸우고 있는 사제들에게 말했다.

"지금보다 더 큰 피해를 입으면 우리 화산이 저놈들을 뭉개 버릴 수 있는 기회조차 잃게 된다. 그러니 사형제들 모두 이곳을 피해 안전한 곳으로 피신하는 것이 좋겠어."

"하지만 대사형, 저런 호랑말코 같은 놈들을 이대로 내버려 두고 떠난다면 우리가 아닌 다른 사람들이 피해를 보고 말 겁니다!"

"내 생각도 그러하지만 여기서 개죽음을 당하면 뒷수습은 누가 한단 말인가?"

"그, 그건……."

바로 그때, 태하의 광대역 무전기에서 전파가 흘러나왔다.

파앗!

─여기는 본부, 제1조 응답 바람!

"여기는 1조!"

─TMS 리모컨의 작동이 일시적으로 멈추었습니다!

"……!"

─전황이 불리하게 흘러간다면 일단 후퇴하여 전열을 가다듬는 것을 추천합니다.

태하는 이 사실을 화산파 장로들에게 알렸다.

"TMS 리모컨이 일시 정지하였답니다. 일단 돌아가서 전열을 가다듬어도 될 것 같습니다. 안심하시지요."

"다행이로군. 어서 이곳을 뜨자고."

"예, 대사형!"

태하는 자신의 상단전에 응축되어 있는 내가진기를 한 방에 폭발시켰다.

스스스스스!

"연옥진!"

주작구결의 오의 중에서도 단연 비기라 할 수 있는 연옥진
은 섭씨 1만 도가 넘는 불덩이로 만들어진 장막이다.

이 장막 안에 들어온 그 어떤 생물도 무사할 수 없으며, 설
사 무공에 도가 튼 사람도 이 연옥진을 뚫고 들어오기란 불
가능했다.

청야성의 반쪽짜리 고수들은 자신들의 무공만 믿고 달려들
었다가 비명에 갔다.

화르르르륵!

"끄으아아아악!"

연옥진 안으로 들어간 사람들은 뼈와 살이 불에 타서 흔적
도 없이 사라져 버렸다.

당희윤은 멀어지는 태하를 바라보며 분노에 몸을 떨었다.

"빌어먹을 쥐새끼 같으니!"

"문주, 어떻게 하는 것이 좋겠습니까? 저대로 두면 뒤에서
무슨 일을 꾸밀지 모릅니다."

"어떻게 하긴, 당연히 잡아야지."

그녀는 자신의 뒤에 서 있는 새로운 당문의 정예 살수들을
이끌었다.

"가자. 우회해서 놈들을 잡는다."

"예!"

현경의 고수들로 이뤄진 정예 살수단은 무림연맹의 장문인

들이 모두 모여 겨룬다고 해도 이길까 말까 한 실력의 고수들이다.

오로지 사람의 목숨을 취하는 것에 의의를 둔 검술과 암기술을 익혔기에 제아무리 던전에서 잔뼈가 굵은 장문인이라고 해도 상대하기가 녹록지 않았다.

일단 저들을 잡기만 하면 승산이 있다고 생각한 그녀는 연옥진이 만들어낸 불의 장막을 에둘러 바닷길을 선택하였다.

파바바바밧!

바닷물을 박차고 날아오른 당희윤과 정예 살수단은 바람처럼 연옥진에서 멀어졌다.

순식간에 1km를 넘게 달린 그들은 저 멀리 달려가고 있는 태하와 화산파 장로들을 발견하였다.

당희윤이 궁수 흑애를 불러냈다.

"쏴라."

"예, 문주."

그녀는 보법으로 파도를 타며 활시위를 잡아당겼다.

짜드드드득!

활의 길이는 그리 길지 않았지만 그 장력에 공력이 더해져 소총에도 비교할 수 없는 엄청난 힘을 만들어냈다.

흑애는 쏜살같이 달려가고 있는 장치순의 몸통으로 화살을 날렸다.

피융!

바람과 섞인 공력이 탄환의 무려 열 배에 달하는 속도를 만들어냈다.

쐐애애앵!

심지어 날아가면 갈수록 공력이 점점 더 더해져 가속도가 붙었고, 이윽고 서 있던 장치순이 옆구리에 화살을 맞고 말았다.

퍼억!

"크허어억!"

"대사형!"

무려 5미터를 넘게 날려간 장치순은 해안가 절벽에 화살과 함께 박히고 말았다.

괴싱!

기암절벽에 대롱대롱 매달린 장치순은 옆구리에서 체액과 혈액을 마구 쏟아냈다.

푸하아아악!

"으으으윽!"

"대사형, 괜찮으십니까?! 이런 제기랄, 이게 도대체 무슨 조화야?!"

태하는 재빨리 장치순의 상태를 살폈다.

다행히 화살이 중요 장기를 비켜가긴 했지만 이대로 두었다간 과다 출혈로 죽기 딱 좋았다.

옷을 뜯을 수 없어서 정확한 진단은 어렵지만 즉사할 정도는 아니었다.

그나마 이렇게 목숨을 건진 것은 장치순이 평생을 갈고닦은 무공 덕분이었다.

무공이 근골을 튼튼하게 만들지 못했다면 지금쯤 그는 화살에 맞아 즉사하고 말았을 것이다.

그는 일단 관통하여 옆구리 뒤쪽으로 고개를 내민 화살을 칼로 날려냈다.

서걱!

그러자 절벽에 매달려 있던 장치순이 바닥으로 내려올 수 있었다.

"허억, 허억!"

태하는 그가 아래로 내려오자마자 점혈을 하고 금강석으로 만들어진 가위를 소환하였다.

스스스슥!

그는 깨끗하게 멸균된 가위로 옷을 잘라냈다.

그러자 살이 터진 환부가 모습을 드러냈다.

태하의 예상대로 옆구리의 근육이 장기가 밖으로 돌출되는 것을 막아주었지만 워낙 강력한 힘으로 날아온 화살이 충격을 주어 뼈와 장기에 손상이 있는 것 같았다.

츄륵, 츄륵!

'도대체 얼마나 공력이 대단하면 현경의 끝자락에 오른 고수를 이 지경으로 만들 수 있단 말인가?'

태하는 일단 구급낭에서 압박붕대를 꺼내어 환부를 꽁꽁 동여맸다. 그리고 그 겉을 금강석으로 만들어진 패드를 덧대어 더 이상 상처가 벌어지지 않도록 응급처치를 했다.

"응급수술 할 곳을 찾아야 합니다! 이대로 시간이 더 흐르면 장문인은 돌아가실 수도 있습니다!"

"그, 그렇게 하세."

태하는 장치순에게 공청석유를 일만 배 희석시킨 링거에 정세수를 섞어 주사하였다.

푸욱.

이것은 태하가 혹시나 하는 마음에 구급낭에 챙겨둔 것인데, 지금 상태에서 공청석유의 농도가 너무 높게 들어가면 기혈이 마구 날뛰어 사망에 이르게 될 것이다.

일만 배 희석시킨 링거에 정제수를 더하니 약간의 기력이 보충되면서 생명을 유지할 수 있게 되었다.

그는 금강석을 성형하여 지게를 만들었다.

스스스스스슥!

장로들은 그 모습을 보고 감탄하였다.

"오오!"

태하는 장치순을 지게에 올리곤 수액 걸이를 만들어 장취순에게 건넸다.

"이것을 잡아주십시오. 우리가 도망가는 동안 장문인께 영양분을 공급해 줄 겁니다. 이것이 꼬이면 쇼크가 올 수도 있으니 잘 잡아주십시오."

"아, 알겠네."

"자, 그럼 출발하시지요."

적과의 거리는 불과 4㎞ 남짓이었지만 이 정도 거리라면 충분히 승산이 있었다.

태하는 장치순을 들쳐 업고 해안가를 내달리기 시작했다.

*   *   *

인천의 서래포구에 소형 상선 한 척이 떴다.

한국에서 잡은 대구와 열기를 일본으로 수출하기 위한 여정이 잡혀 있었는데 이미 통관이 끝난 상태였다.

상선의 선장 임태구는 지하 선실에 있는 냉동 창고의 문을 열었다.

쏴아아아아!

냉동 창고 안에는 사람 한 명이 간신히 들어갈 만한 작은 상자가 있는데, 그 상자 겉에는 '질소 충전제'라는 글귀가 적혀 있었다.

질소가 담긴 상자를 함부로 열면 큰일이 나겠지만 선장은 아랑곳하지 않고 상자를 벌컥 열었다.

"이제 됐어. 나오시게."

"고, 고맙습니다."

상자 안에서 나온 사람들은 미하엘과 바비였다.

두 사람은 등산용품인 두껍고 질긴 소재의 옷과 침낭을 덮고 있었지만 물고기를 급랭하기 위한 냉동 창고에서 열 시간 넘게 버티는 것은 쉽지 않았다.

임태구는 두 사람에게 선실 위로 올라갈 것을 제안했다.

"열기당을 끓여두었으니 몸 좀 녹이시게나. 그대로 가만있다간 탈이 단단히 날 거야."

"신경 써주셔서 감사합니다."

"별말씀을."

미하엘과 바비는 집안의 반대를 피해 한국으로 왔다가 불법체류자 신세가 되어 다시 일본으로 밀항하는 연인으로 가장하였다.

생긴 것은 우락부락하게 생긴 임태구이지만 아내와의 로맨스가 남달랐기 때문에 두 사람을 살뜰히 챙겨주었다.

옷가지와 침낭 역시 그가 항구에서 구해준 것이다.

그는 두 사람과 선장실로 올라오면서 이런저런 얘기를 해주었다.

"나도 아내와 한때 사랑의 도피를 한 적이 있지. 지금은 아이 셋 낳고 잘 살고 있지만 워낙 집안의 반대가 심해서 도망 말고는 방법이 없었어."

"그렇군요."

임태구는 지갑에서 빛바랜 사진 한 장과 최근의 것으로 보이는 가족사진을 꺼내었다.

오래된 사진에는 그와 아내로 보이는 연인이 부둥켜안은 채 웃고 있었다.

"한 35년 된 것 같군. 어때? 미인이지?"

"그렇군요. 깊고 맑은 눈동자에 가느다란 선까지 전형적인 한국의 미인이군요."

"후후, 고맙네."

바비는 세 자식이 전부 가정을 꾸려 찍은 사진을 가리켰다.

"모두 다 결혼한 모양이지요?"

"셋 다 해치웠지. 첫째와 둘째는 이미 아이를 가졌고 셋째는 신혼이라 아직 소식이 없어."

"그렇군요."

유난히도 사진을 뚫어져라 쳐다보는 그녀에게 임태구가 미소를 띤 채 말했다.

"하하, 자네도 이런 가정을 꾸리고 싶나?"

"네, 진심으로요."

"그래, 그래 보여."

그녀는 자신도 모르게 눈물을 한 방울 떨어뜨렸다.

"…나도 저렇게 행복해지고 싶어요."

미하엘은 거짓이 아니라 마음속에서 우러난 그녀의 눈물을 마주하곤 약간 당황하였다.

"그, 그렇다고 울 것까지야……."

"어머나, 내가 울고 있었네?"

임태구는 두 사람을 진심으로 응원해 주었다.

"자네들에게 어떤 사정이 있어서 이렇게 작은 상선에 무작정 올라온 것인지는 모르겠네만, 앞으로 잘 살게."

"고맙습니다."

그는 미하엘에게 연기탕을 통째로 건넸다.

매콤한 맛의 열기탕을 받은 미하엘은 자신도 모르게 군침을 흘렸다.

"츄릅, 매운 것은 원래 잘 못 먹지만 냉기가 확 가실 것 같은 느낌이 듭니다."

"그래, 여기서 술 한잔 걸치고 서로 붙어서 몸 좀 녹이게."

"감사합니다."

미하엘은 자신에게 이상하리만치 잘해주는 임태구에게 이유를 물었다.

"그나저나 선생님께서 이렇게 잘 대해주시니 감사합니다만, 혹시 다른 이유라도 있으십니까?"

"하하, 젊은 사람이 눈치가 좀 있군."

그는 자신이 은퇴하게 될 시기가 왔음을 밝혔다.

"이 생활을 청산하려 한다네. 그래서 다른 배보다 값을 훨씬 더 높게 부른 거야."

"아아, 그렇군요."

미하엘과 바비가 이 배에 오를 때 낸 비용이 1억이 조금 넘었다.

제아무리 비싼 밀항선이라고 해도 가까운 일본까지 가는데 1억은 아무래도 폭리를 취하는 감이 있었다.

그렇지만 목숨을 부지하고 한국을 떠난다는 것이 더 중요한 미하엘과 바비는 그런 것은 전혀 신경 쓰지 않았다.

임태구는 그에게 배의 열쇠를 건넸다.

"허가증이 안에 있으니 마음껏 타고 가고 싶은 곳으로 가게."

"애초에 배를 넘기시려 한 겁니까?"

"사실 이 배는 합법적인 배가 아니야. 안 그래도 언젠가는 처분해야 했던 것이지. 그렇다고 그냥 버리기는 아깝고, 그래서 자네에게 돈을 조금 더 받고 넘기려는 것일세."

"그렇군요. 그렇다면 저희들의 사정을 듣고 배를 내어주신 것은 일종의 시험 같은 것입니까?"

"자세한 내막은 몰라도 행여나 억하심정의 마음으로 나를 고발하는 사태는 일으키지 않겠다 싶었어. 그래서 자네들을 태운 것일세."

"아아, 그런 사연이……."

"만약 내 제안이 마음에 들지 않는다면 돈을 절반 돌려주겠네."

미하엘은 고개를 저었다.

"아닙니다. 그리하시지요. 배는 저희들이 타고 다니다가 적당한 곳에서 처분하겠습니다."

"그래주면 고맙겠어."

임태구의 장삿속이 조금 섞이긴 했지만 그래도 여기끼지 오는 데 불편함이 없었으니 그것으로 충분하다고 생각한 미하엘이다.

$$* \qquad * \qquad *$$

다음 날, 임태구는 일본 후쿠오카에 내려 정기선을 타고 한국으로 돌아갔다.

이제 온전히 배를 인수하게 된 미하엘은 정상 통관을 거쳐 일본 땅을 밟을 수 있게 되었다.

일단 가나자와 연안에 배를 정박시킨 미하엘은 바비와 함께 은행을 찾았다.

딩동!

은행의 창구에서 대기 번호 51번을 불렀다.

"51번 고객님, 이쪽으로 와주시기 바랍니다!"

"네."

바비는 USB를 꺼내어 그녀에게 건넸다.

"1억, 엔화로 주세요."

"잠시만 기다려 주십시오."

지하 수로를 타고 도피하던 도중에 햇살을 보고 기억의 조각을 되찾은 그녀는 아주 단편적이지만 자신에 관한 것을 하나 기억해 냈다.

그중에 하나가 바로 전 세계 각 은행에 차명으로 설립된 계좌가 있다는 것이었다.

각 계좌에 피져 있는 금액을 모두 합산하면 무려 10억 달러나 되었다.

이 돈은 철저히 차명으로 되어 있기 때문에 행여나 정부의 추적이 따라붙거나 은행의 추가 확인을 받을 필요가 없었다.

그저 단순하게 패스워드와 인증서가 담긴 USB만 있으면 어디에서든 돈을 인출할 수 있었다.

단, 인증서와 패스워드를 같이 사용해야 하기 때문에 CD기나 간이 인출기기는 사용할 수 없다는 불편함이 있었다.

어찌 되었든 일반인에게 있어선 거의 무한대와 같은 돈이 생겼으니 대피 생활에 궁핍함은 없을 것이다.

하지만 미하엘은 언제까지 자신이 그녀를 데리고 도망을 다닐 수 있을지 의문이 들었다.

그는 아직도 기억이 온전히 돌아오지 않은 그녀에게 틈날 때마다 사정을 물었다.

"그놈들, 정말 뭐 하는 놈들인지 모릅니까?"

"몰라요. 제가 왜 쫓기고 있는 것인지도 모르겠어요. 처음 보는 사람들이 저를 죽이려 하니 황당하기도 하고 무섭기도 하네요."

그녀는 떨리는 손으로 미하엘의 손을 잡았다.

"……혹시 저를 떠나시려거든 떠나세요. 돈은 원하는 만큼 드릴 테니 자유롭게 사세요."

미하엘은 그녀를 바짝 끌어당겼다. 그러곤 자신의 품에 살며시 안았다.

"그런 말도 안 되는 소리 하지 말아요."

"하지만 당신이 위험해지니……."

"내가 당신에게 이런 소리를 하는 것은 그놈들이 누구인지 알아야 제대로 싸울 수 있기 때문입니다. 당신을 떠나거나 속이려 했다면 진즉에 사라졌을 겁니다."

"그건 그렇지만……."

"더 이상 약한 소리 하지 말아요."

두 사람 사이에 확실한 연정이 싹텄다고 말하기엔 아직 이른 단계였다. 그렇지만 적어도 미하엘은 그녀를 혼자 내버려 둘 수 없다고 생각했다.

그것은 미하엘이 그녀에게 목숨을 걸었다는 뜻과 같았다.

"앞으로 어떤 일이 벌어질지 아무도 몰라요. 그렇지만 반드시 당신을 지킬 겁니다. 그것만큼은 변하지 않아요."

"고마워요, 정말로."

"별소리를 다 하네. 앞으론 그런 소리 하지 말아요."

"알겠어요."

잠시 후, 인증 절차를 모두 거친 은행 직원이 1억 엔을 현금으로 찾아서 가지고 왔다.

"여기 있습니다. 혹시 추가 인출이나 새로운 계좌 개설은 필요하지 않으신지요?"

"괜찮아요."

두 사람은 은행을 나와 항구에서 선박을 수리, 개조하는 업자를 찾아갔다.

임태구의 말에 따르자면 이곳에선 전 세계 어디를 가든 상관이 없는 선박을 만들어줄 것이라고 했다.

물론 아무에게나 배를 만들어주지는 않겠지만 임태구의 이름을 걸고 온 것이니 최소한 뒤통수는 치지 않을 것이다.

그는 임태구의 오랜 지인이기 때문이다.

다이스케 쿠로사와는 선박의 개조 비용으로 3천만 엔을 제시하였다.

"지인이니까 싸게 해주는 걸세. 이 정도 옵션이라면 연안을 따라 여행하기엔 좋을 거야. 어지간한 파도에도 휩쓸리기 않을 것이고."

"좋습니다."

"선금으로 1천, 공사가 끝나면 잔금을 치르시게. 개조에 걸리는 시간은 나흘이야."

"에, 알겠습니다"

미하엘이 값을 치르니 다이스케는 집 열쇠를 하나 건넸다.

"조금 오래된 료칸을 개조해 만든 집인데 있을 것은 다 있어. 한동안 그곳에서 지내시게."

"감사합니다."

"뭘, 돈 받고 하는 일인데."

다이스케에게서 받은 열쇠를 가지고 가나자와의 한적한 시골로 향하는 두 사람이다.

*   *   *

지중해 한복판에 위치한 해적단 '레드킵'의 근거지 붉은 섬에 한창 파티가 열리고 있다.

뺨빠바바밤!

농도 짙은 끈적끈적한 음악에 맞춰서 춤을 추는 남녀들은 너 나 할 것 없이 모두 정신이 나가 있었다.

이들은 모두 해적이고 해적들과 함께 춤을 추는 여자들은 해적섬에서 술을 팔거나 음식 등을 파는 사람들이었다.

대부분 중차대한 범죄를 저지르고 스스로 이곳으로 왔거나 정치적인 문제로 해적단에게 투신한 경우가 많았다.

해적들 역시 망명 대신에 방랑 생활을 택해 이곳까지 온 범죄자가 대다수라서 그 가족들 역시 성향이 비슷하였다.

처음 레드킵이 생겼을 때만 해도 이곳은 사람이 살기 힘든 황량한 곳이었지만 이 일대를 장악한 해적왕 '검은 갈고리'가 지금의 섬을 이루었다.

헌재 섬을 이끄는 수장은 검은 갈고리의 딸이자 해적단장인 '빨간 머리'였다.

그녀가 뜨기만 하면 사람의 피로 머리를 붉게 물들인다고 해서 붙여진 별명이지만 실제로 그 눈동자와 머리색도 연한 적색이었다.

해적단장 엔은 술과 약에 취해 거리낌 없이 몸을 섞고 있는 해적들 사이에서 호탕하게 술잔을 들었다.

"마셔라! 그리고 놀아라!"

"와하하하!"

향락의 도가니인 이곳을 죽음이 도래한 지옥이라 일컫는 사람도 있었지만 그것은 순전히 행복의 기준이 달라서 그런 것이었다.

이곳에도 법이라는 것이 존재하며 그것을 어길 시엔 반드시 처벌을 받게 되어 있었다.

모닥불 앞에서 대놓고 성교를 하거나 약에 취해서 흐느적거리는 남녀들은 부부이거나 연인이었다.

이곳에서는 이유 없는 살인, 방화, 폭행, 사기 등은 용납되지 않으며 가정을 파괴한 범죄자나 강간, 윤간 등의 성범죄는 중죄로 다스렸다.

대신 그 울타리 안에서는 도박을 하든 마약을 하든 그것은 자기 마음이었다.

나름대로 룰을 만들어놓고 평생의 반려자가 될 사람들과 밤을 즐긴다는 것이 죄라면 이 세상에서 살아남을 수 있는 사람은 거의 없을지도 모른다.

다만 이곳에서의 즐거움은 일반적인 육지의 사람들과 그 기준부터가 다르기 때문에 문화도 다르게 꽃핀 것뿐이다.

해적단장 엔은 자신의 곁에 앉은 동양인 남자에게 술을 권했다.

"한잔할래?"

"됐네. 엑스터시는 나와 잘 맞지 않는 것 같더군."

"쳇, 무슨 남자가 그렇게 싱거워? 그래서 내 신랑감이 될 수 있겠어?"

"…난 결혼을 했다고 몇 번이나 말하나? 그리고 내가 왜 자네의 신랑이 되어야 하는데? 애초에 난 그 이유부터가 별로 마음에 들지 않아."

엔은 얼마 전 자신을 제압하고 풍파에서 목숨까지 구해준 남자에게 반하여 간이고 쓸개고 다 빼놓고 애정 공세를 퍼붓고 있었다.

그의 나이가 지천명이 훌쩍 넘었다는 소리에도 그녀는 개의치 않았다.

실제 그의 외모는 이제 막 30대 초반으로밖에 보이지 않기도 했지만 그녀에게 나이란 그저 숫자에 불과했기 때문이다.

그녀는 전투용 쿠크리를 뽑아 들었다.

스릉!

"나랑 결혼하지 않으면 손모가지를 잘라 버릴 거야."

"할 수 있으면 해보시든지."

"…만약 그것도 안 된다면 내 손목을 자르지, 뭐."

"뭐, 뭐라고?!"

그녀는 한 번 한다면 하는 성미이기 때문에 이대로 두면 정말 손목을 자를지도 모른다.

장수원은 그녀의 손에서 검을 빼앗았다.

"거참, 사람 신경을 자꾸 거슬리게 만드는군!"

그녀는 장수원이 검을 빼앗으려는 찰나에 힘을 주어 자신도 함께 딸려갔다.

쪽!

물 흐르듯 자연스럽게 그의 입술에 자신의 입술을 포갠 그녀는 만족스러운 미소를 지었다.

"훗, 좋아! 바로 이거지!"

하지만 장수원은 그런 행동이 마음에 들지 않았다.

"…그만하지."

그녀를 밀어낸 장수원이 자리에서 일어서자, 그녀가 황당하다는 듯이 물었다.

"도대체 이유가 뭐야? 이렇게 젊고 예쁜 여자가 들이대면 고맙다고 바지를 벗어야 정상 아니야?"

"보통의 젊은이라면 그랬을지도 모르지. 하지만 나는 한 여자의 남편이고 두 자식의 아버지야. 그리고 한 집단의 후계자이기도 하고 집안의 가장이기도 하지. 그런 내가 불륜을 저지른다면 떳떳이 살 수 있겠나?"

"아니, 그래서 시집을 간다잖아. 첩으로 들어간다니까?"

"첩?"

"어때? 이 정도면 그쪽 아내도 큰 불만은 없을 거야."

이곳에서 가정을 파괴하는 행위는 중죄이지만 일부일처제, 혹은 일처일부제를 중시하지는 않는다.

능력만 있다면 남자가 처와 첩을 거느린 것은 문제가 되지 않으며, 반대로 여자가 남편과 첩을 두는 것도 이상한 일은 아니었다.

반려자가 능력이 좋으면 그것을 인정하고 첩을 받아들이는 문화가 정착된 이곳에서 일부일처제는 어불성설이었다.

심지어 처첩이 같이 동침하는 풍습까지 있는 마당에 첩을 들이는 것이 흠일 리가 없었다.

해적섬만의 문화가 생겨나고 그것이 풍습으로 자리 잡긴 했지만 외지에서 온 장수원이 그것을 이해할 수 있을 리가 없었다.

명화방은 조로아스터교에 크리스트교가 일부 섞여 들어온 문화에 동북아시아 특유의 불교가 융합되어 다소 특이한 종교관을 갖게 되었다.

하지만 이것은 인간의 본성을 제어하고 금욕적인 생활을 하게 만드는 근간이 되었다.

개방된 사고방식과는 거리가 먼 명화방에서 평생을 살아온 장수원이 해적섬의 문란함을 인정할 수 있을 리가 없었다.

그는 끝까지 그녀와의 혼인에 동의하지 않았다.

"자네와 혼인할 바엔 그냥 물에 빠져 죽겠네."

"…내가 그렇게나 매력이 없나?"

"매력이 있고 없고의 문제가 아니야."

"그럼 매력이 있긴 있는 거네?"

"말이 안 통하는군."

또 하나, 장수원은 개인적으로 남에게 싫은 소리를 잘 못하는 성격이라서 공식적인 자리가 아닌 개인적인 자리에선 절대로 남을 나무라는 법이 없었다.

그런 그의 다소 우유부단한 성격 탓에 절대로 싫다는 소리는 하지 못했다.

"아무튼 간에 우리는 이루어질 수 없어. 그것만은 확실해."

"…쳇, 내가 도움이 될 수 있는데. 마음만 먹으면 바깥에서 일어나는 일에 대해 알아봐 줄 수 있어. 일본까지 가는 것도 식은 죽 먹기이고."

자리에서 일어서려던 그가 우뚝 멈추어 섰다.

"뭐라고? 뭘 어쩐다고?"

"우리 해적의 정보력은 육지보다 훨씬 월등해. 상선의 등을 처먹고 사는 우리에게 정보란 그저 흐르는 바람처럼 당연한 것이거든."

그는 다시 자리에 앉았다.

"…결혼까진 몰라도 술은 한잔할 수 있겠어."

"후후, 거봐. 구미가 좀 당기지?"

"한잔하지."

"좋아!"

결국 장수원은 자신이 인형처럼 휘둘린다는 것을 알면서도 자리에 앉았다.

제2장
역습

드넓은 해안선이 펼쳐진 모래사장에서 끝도 없는 술래잡기가 이어지고 있다.

피융!

"단도가 날아옵니다!"

"젠장!"

사경을 헤매고 있는 장치순 때문에 도주에 속도가 붙지 않아 공방전이 끊이지 않고 있었다.

이 공방전에서 화산의 장로 모두가 중경상을 입었지만 제대로 쉬지도 못한 채 걸음을 이어나가고 있었다.

그나마 일만 배 희석한 공청석유가 없었다면 지금쯤 이들은 모두 사경을 헤매고 있을지도 모른다.

태하는 더 이상 이대로 가만히 앉아서 당할 수만은 없다고 생각했다.

그는 지도를 펼쳐 이곳에서 병원이 얼마나 멀리 있는지 가늠해 보았다.

"유엔본부까지 대략 30분입니다. 고지 앞에 도달했습니다만, 이대로라면 본부까지 가기 전에 모두 다 죽겠습니다."

"무슨 방법이라도 있는 건가?"

태하는 자신의 등에 업혀 있던 장치순을 바닥에 내려놓았나.

"장로님들께서 저 대신 유엔본부까지 가주십시오."

"그렇게 되면 자네는?"

"제가 막는 데까지 한번 막아보겠습니다."

"그러다가 자네가 죽으면 우리 연맹은 끝일세. 차라리 함께 가세."

그는 고개를 가로저었다.

"아닙니다. 제가 함께 가는 것은 그리 효율적이지 못한 것 같습니다. 저들에 비해 저는 내공이 높은 편이니 최소한 죽지는 않을 겁니다. 그러니 차라리 제가 이곳에 남아 방어에 전념하는 것이 좋겠습니다."

"흠."

태하는 장로들에게 문파의 존립에 대해 역설하였다.

"지금 우리 연맹에서 문파 하나가 사라지고 말고의 차이는 상당합니다. 만약 이 상태에서 장문마저 작고하시면 연행의 허리는 무너지고 말 겁니다."

"그렇긴 하지만……"

"당장은 힘들지도 모릅니다. 하지만 제가 살아서 돌아가면 얘기는 달라지겠지요."

"자네가 돌아올 확률은 얼마나 되겠나?"

"반드시 돌아갑니다. 제 아버지 김명화 검객의 이름을 걸고 맹세합니다."

그제야 장로들이 수긍하는 듯 보인다.

"하긴, 자네가 중상을 입은 우리를 데리고 싸움을 계속하는 것도 무리가 있겠지."

"맞아. 사제들, 어서 사형을 모시고 병원으로 가세."

"알겠습니다."

장로들은 태하에게 깊이 포권을 취하였다.

척!

"부디 돌아오시게!"

"물론입니다."

그들이 돌아간 후 태하는 조금 더 편안하게 싸울 준비에 들어갔다.

태하는 현재 인령진을 대거 명화방 재건에 투입한 상태이기 때문에 스스로의 힘으로만 저들을 상대해야 했다.

지금 그가 준비해야 할 것은 그리 많지가 않았다.

금강석으로 방패와 갑옷 등을 만들고 다수의 공격에서 무사할 수 있는 방법을 고안하는 것이 전부였다.

쿠그그그그!

개인의 방어구들을 만들고 나니 금강석의 여유가 그리 많지 않았다.

"이젠 정말 혼자만의 싸움이 되겠군."

태하는 검을 뽑아 들었다.

챙!

그는 오히려 몰려드는 적들을 향해 먼저 검을 뻗었다.

"청룡연격!"

스스스스!

서서히 먹구름이 몰려들더니 태하의 주변으로 응집되어 하나의 푸른 점을 만들어냈다. 그리고 그 점이 한차례 폭발하면서 다섯 마리의 용으로 변하였다.

크아아아앙!

태하의 손을 타고 뻗어 오른 다섯 마리의 용이 사납게 적들을 물어뜯기 시작했다.

퍼억!

"크허어억!"

"또 시작이군!"

당희윤은 태하의 이런 공격을 이미 예상하고 있었다는 듯 아주 의연하게 명령하였다.

그녀는 달리던 걸음을 멈추고 손가락만 움직여 한 무리의 부대를 이끌어냈다.

"흡성부대, 놈을 말려 죽여라!"

"예, 문주님!"

대략 200명의 인원이 새빨간 내가진기를 머금은 채 무작정 다섯 마리의 용을 향해 달려들었다.

츠츠츠츠츠츠!

검붉은 눈동자를 반짝거리며 날아다니던 다섯 마리의 용은 순식간에 200명의 살수들에게 흡수를 당하였다.

"흡성대법!"

"허, 허어!"

단 1초 만에 사라져 버린 다섯 마리의 용으로는 성에 차지 않는 모양인지 살수들은 태하를 향해 득달같이 달려들기 시작했다.

"크하아아아악! 잡아라!"

"광기에 사로잡힌 것인가?!"

아주 오래전에 사라진 것으로 알려진 정통 흡성대법이 도대체 어떻게 구현된 것인지 알 수는 없었지만 그 위력은 실로 대단했다.

흡성대법은 명화방 대대로 전해 내려오는 상승심법을 완벽히 숙지하지 않으면 그저 피를 갈구하는 광인이 되고 만다.

그 광기를 가진 200명의 살수들이 오로지 태하 한 사람을 잡아먹기 위해 달려드는 모습은 가히 걸어 다니는 시체들을 보는 것 같았다.

"제기랄! 좀비들이냐?!"

"크하아아아아악! 흡성대법!"

여기저기서 붉은색 물결이 일어나 태하를 향해 손을 뻗었다.

그런 가운데 당희윤은 태하를 향해 집중 포화를 쏟아부었다.

"벌집을 만들어라!"

핑핑핑핑!

초당 500개가 넘는 암기가 비 오듯 쏟아지는 가운데 좀비처럼 따라다니는 살수들을 막아내는 것이 결코 쉽지가 않았다.

녹록지 않은 싸움이 될 것이라 예상하긴 했어도 이 정도의 파상 공세는 전혀 상상도 하지 못한 태하이다.

"제기랄, 미친놈들이 아주 세트로 지랄들이군!"

"저놈을 잡는 자에겐 내장을 뜯어 단전을 취할 수 있는 기회를 주겠다!"

"쿠오오오! 죽인다!"

"홍, 그게 어디 마음대로 될 줄 아느냐?!"

태하는 현무구결의 지진일격을 전개하였다.

우우우웅!

은백색 진기가 태하의 주먹으로 모여들더니 그것이 거대한 힘을 발휘하며 땅을 한차례 울렸다.

쿠웅!

태하는 그 주먹을 고스란히 땅으로 되돌려 보내 내가진기로 만들어진 지진을 일으켰다.

200명의 살수들이 흔들리는 땅을 타고 널을 뛰기 시작했다.

"허, 허엇!"

"이놈, 죽어라!"

튀어 오르는 놈들의 목을 차례대로 족족 베어내면서 슬슬 분위기의 반전을 꾀하니 전세가 금세 역전되는 것 같았다.

하지만 그것도 잠시, 태하의 앞으로 여러 갈래의 밧줄이 날아들었다.

휘리리리릭!

검으로 그것을 쳐내려 하였지만 워낙 많은 갈래인지라 태하는 어쩔 도리가 없었다.

턱!

"아뿔싸!"

잘못하여 팔과 다리가 각각 줄에 묶이자 그의 몸에서 극심한 내상의 출혈이 발생하였다.

츠츠츠츠츠!

분명 태하의 내공은 깊고 심후하였으나 그것을 200명이 나누어 갖게 되면 흩어지는 것은 순식간이다.

무려 10초 만에 절반의 내력을 잃은 태하에게 더 많은 살수들이 다가왔다.

"크하하, 빨대를 꽂아주마!"

"빈서머웁!"

태하는 그 자리에 꼼짝없이 갇혀 내공을 모두 다 갈취당하였다.

츕츕츕츕!

심지어 그가 가지고 있던 혈액까지 줄을 타고 사라져 가기 시작했다.

그는 더 이상 이대로 가만히 있으면 자신의 목숨이 위험할 것이라 생각했다. 하지만 마음처럼 상황이 흘러가지는 않았다.

"마무리를 지어볼까?"

당희윤은 손발이 묶인 태하에게 500개가 넘는 암기를 한꺼번에 날렸다.

핑핑핑핑!

옴짝달싹 못 한 채 고스란히 500개의 암기를 모두 맞은 태하는 한 움큼의 피를 토해냈다.

"우웨에에에엑!"

"그래, 괴물 같은 네놈도 인해전술에는 당해낼 재간이 없겠지."

"…개자식들!"

"자, 그럼 이제 산 채로 포를 떠서 끝을 볼까?"

태하는 어처구니없지만 흡성대법 때문에 목숨을 잃을 위기에 놓였다.

'그릇이 차는 데 걸리는 시간은 억겁과 같지만 빠져나가는 것은 정말이지 눈 깜짝할 사이구나. 허무하군.'

몸 안에 있는 진기가 한 톨도 남지 않을 때까지 빠져나가고 거의 껍데기만 남았을 즈음 한 줄기 빛이 그의 몸 안에서부터 새어 나오기 시작했다.

스스스스스!

순간 태하는 자신의 텅텅 비어 있던 단전이 순식간에 회복해 가는 것을 느꼈다.

"…뭐, 뭐가 어떻게 된 거야?"

심지어 단전을 채워 나가던 진기의 양이 너무 많은 탓에 그 그릇의 포화가 이어지고 있었다. 그리고 그 포화는 결국 단전의 그릇을 찢는 결과를 낳았다.

찌지지직!

"쿨럭!"

한차례 피를 게워낸 태하는 결국 그릇을 이루고 있는 단전을 아예 소실해 버렸다.

콰아앙!

몸속에서 한차례 폭발이 일어난 후 태하는 백회혈이 완전히 열리는 것을 느꼈다.

바로 그때, 태하의 귓가에 사부 신선의 목소리가 들려왔다.

텅텅 빈 무의 경지가 궁극의 경지 아니겠나?

'신선님?'

─무극의 경지는 모든 것을 내려놓았을 때, 자신이 아무것도 아니라는 것을 깨달았을 때 비로소 이뤄지는 것이다. 이 세상에 강함과 약함은 어차피 한 끗 차이 아닌가?

'이 세상은 어차피 순환과 순환의 연속이니 무는 만이요, 처음과 끝은 결국 같은 것이군요?'

─그렇다네.

순간, 태하의 몸은 대자연은 물론이거니와 선계까지 이어지는 거대한 선을 지니게 되었다.

이제 태하는 살아 있는 진정한 무선의 경지에 오르게 된 것이다.

번쩍!

태하의 몸을 채우고 있던 선이 폭발하면서 사방으로 눈부신 빛을 쏘아 보냈다.

"으윽! 이건 또 뭐야?!"

그 빛을 따라서 인간의 형상을 한 형형색색의 인령진이 모습을 드러냈다.

—깡, 깡!

인령진은 음양오행의 속성을 지닌 속성석으로 인형을 만들어내 사방을 가득 채워 나가기 시작했다.

하지만 그것은 끝을 알 수 없는 무한의 궤도처럼 계속해서 인형을 생산하였다.

태하는 슬그머니 미소를 지었다.

"자, 이게 바로 진짜 인해전술이라는 것이다."

자신의 몸에 연결되어 있는 줄을 통해 오히려 더 폭발적인 진기를 흘려보낸 태하는 적들에게 각자 현경의 경지에 이르는 진기가 들어가게끔 컨트롤하였다.

그러자 살수들의 몸이 일제히 폭발을 일으켰다.

콰아아앙!

푸하아아아악!

감당할 수 없을 만큼의 물을 한꺼번에 받아들인 풍선처럼 상상 초월의 진기를 받아들인 살수들은 이승을 하직하고 말았다.

태하는 속성석 인형들에게 몽둥이를 하나씩 쥐어주었다.

―깡깡!

"자, 그럼 몽둥이찜질을 시작해 볼까?"

"제기랄."

당희윤과 살수들은 일이 단단히 꼬여가는 것을 느꼈다.

＊　　　＊　　　＊

딩딩.

풍령 소리가 울리며 고즈넉한 일본의 전통 가옥에 아침이 밝았다.

아침 일찍 눈을 뜬 미하엘은 마당으로 나와 벽돌을 쌓고 그 곁을 은박지로 감싸서 일회용 화덕을 만들었다.

그는 편의점에서도 손쉽게 구할 수 있는 밀가루와 소금, 베이킹파우더, 계란, 우유로 반죽을 만들어 빵을 구웠다.

화르르륵!

비록 은박지로 만들어낸 빵틀이지만 화덕 안의 온도를 견

녔다.

아직 해가 뜨기 전에 빵을 화덕에 올려놓은 그는 시금치를 갈아서 우유와 함께 끓여 수프를 만들기 시작했다.

주방의 규모가 작아서 미하엘 한 명이 서기도 버거웠지만 그는 꿋꿋이 음식을 만들어 나갔다.

한창 요리에 열을 올리고 있는 그에게 바비가 다가왔다.

"뭐 해요?"

"아침을 짓고 있습니다."

"요리할 줄 알아요?"

"혼자서 오래 살다 보니 빵이나 수프 정도는 스스로 만들 줄 압니다. 그래봤자 바게트와 크림수프가 전부이지만 그래도 배를 채우는 데는 부족함이 없을 겁니다."

"기대가 되는군요."

그는 멋쩍게 웃었다.

"하하, 맛은 장담 못 해요. 워낙 대충 만드는 습관이 들어놔서 그런지 제대로 모양을 내기가 쉽지 않네요."

"냄새 좋은데요? 그리고 겉모습은 중요하지 않아요. 당신이 손수 만들었다는 것이 중요하죠."

잠시 후 그가 맞춰놓은 화덕의 타이머가 울렸다.

따르르릉!

자명종 시계의 알람 기능을 활용하여 아날로그 타이머를

맞춰놓은 그는 장갑을 끼고 화덕의 문을 열었다.

쉬이이이익!

한참 장작이 타고 난 이후 화덕에 남은 열로 빵이 서서히
익어 아주 맛 좋은 냄새가 났다.

그녀는 감탄사를 내뱉었다.

"킁킁. 어머나, 좋은데요?!"

"일단 냄새는 그럴듯하네요."

"그럴듯한 정도가 아니라 너무 좋은데요? 이 정도면 사 먹
는 빵 안 부럽겠어요."

"하하, 그렇게까지 칭찬해 주시니 몸 둘 바를 모르겠네요."

"대단해요! 당장 식당을 차려도 되겠는데요?"

"이것 참, 너무 비행기를 띄우니 오히려 부담이 되는데요?"

화덕에서 빵을 꺼낸 미하엘이 은박지를 벗겨내자 그 안에
잠들어 있던 노릇노릇하고 향긋한 빵의 속살이 그 고운 자태
를 드러냈다.

미하엘은 빵을 식탁으로 가져가 자르고 수프를 그릇에 담
아 아침 식사를 차렸다.

"단출하지만 그럭저럭 배는 채울 만할 겁니다."

"고마워요. 잘 먹을게요."

바스락!

겉은 바삭하고 속은 부드러운 빵의 식감에 시금치 크림수

프의 풍미가 만나 앙상블을 이루었다.

빵을 한 입 베어 문 그녀가 눈을 동그랗게 떴다.

"이건……."

"왜요? 맛이 이상해요?"

"아니요, 그게 아니라……."

그녀는 자신도 모르는 사이 눈물을 한 방울 떨어뜨렸다.

또르르.

순간, 그녀의 뇌리에 어린 시절의 불우하던 기억이 주마등처럼 스치고 지나갔다.

"아아……!"

"왜, 왜 그래요? 어디 안 좋아요?"

"…아니요. 갑자기 어린 시절의 기억이 떠올라서요."

미하엘은 그녀의 잔에 우유를 채워주었다.

쪼르르.

술 대신이지만 마실 것과 먹을 것을 앞에 두었으니 충분히 오래 얘기를 들을 수 있을 것이다.

그는 그녀의 눈물을 닦을 손수건을 건넸다.

"닦아요."

"고마워요."

"나의 어린 시절도 꽤나 불우했습니다만, 당신의 어린 시절도 그리 행복하진 않았던 모양입니다."

"네, 맞아요."

바비는 그제야 자신의 이름을 기억해 냈다.

"아나스타샤, 고향은 러시아예요. 모스크바 뒷골목에서 스트리퍼로 일하던 엄마 슬하에서 자랐죠."

"러시아, 그래요. 러시아 혈통인 것 같기는 했어요."

아나스타샤는 어머니가 어떻게 세상을 떠났는지 상기해 냈다.

"우리 엄마는 남자 앞에서 옷을 벗으며 춤을 추는 일을 했어요. 가능하면 밤엔 손님들과 잠자리를 갖고 돈을 받았죠. 그 돈으로 저를 키우고 입혔어요. 제가 다섯 살이 되던 해엔 열심히 일해서 단칸방이지만 집도 한 채 살 수 있을 정도가 되었지요."

"어머니가 계시다는 것은 행복한 일이죠."

그녀는 고개를 저었다.

"아니요, 꼭 그렇지만은 않아요. 엄마는 하루 종일 남자와 뒹굴고 옷을 벗어 돈을 벌면서도 남자 없이는 못 사는 여자였어요. 일 년에 몇 번씩이나 남자를 갈아치우는데 대부분 마피아의 하수인이나 동네 양아치들이었지요. 그런 그들도 엄마를 진득하게 만나지 않았어요. 워낙 하는 일이 저속하다고 생각했기 때문이겠죠."

"음."

"엄마는 먹고살기 위해서 그 일을 계속했지만 그럴수록 몸과 마음이 병들어갔어요. 거리를 지나다니는 멀쩡한 여자들의 삶을 보면서 박탈감을 느끼고 자신의 신세를 한탄하면서 우울증을 얻었죠. 그것을 이겨내기 위해서 술과 담배, 마약을 밥 먹듯이 하여 서서히 몸이 망가져 갔어요. 그러니 남자들마저도 떠나고 엄마는 매일 괴로움에 하루를 살 수밖에 없었죠."

그녀는 자신이 먹고 있는 이 빵이 왜 기억을 되찾게 해주었는지 상기해 냈다.

아나스타샤는 미하엘이 건넨 손수건으로 눈물을 훔치며 말을 이어나갔다.

"…엄마가 죽던 날, 테이블에 편지 한 통과 함께 아침이 차려져 있었죠. 그때 먹은 빵이 이런 맛이었어요. 엄마가 유일하게 할 줄 아는 요리가 바로 이 바게트였지요. 그래서 무슨 특별한 일이 있으면 아침으로 바게트를 구워주었어요. 아주 오래전에 프랑스 남자에게 배웠다는데, 그것이 엄마가 할 줄 아는 유일한 요리였지요."

"그래서 바게트를 먹자마자 눈물을 흘린 것이군요."

"약간 투박하지만 겉은 바삭하고 속은 부드럽고 간도 아주 적절히 잘 맞았지요."

"아마 남자에게서 배워 그럴 겁니다."

그녀는 수프가 굳지 않도록 수저로 저으면서 얘기를 계속하였다.

"아무튼 엄마는 이렇게 수프 한 그릇도 없이 빵만 한 조각 남기고 사라졌어요."

"사라져요?"

"자신을 배신한 남자가 있었는데, 그 남자를 거리 한복판에서 칼로 찔러 죽인 후 스스로 목숨을 끊었어요. 그렇게 하면 죽어서도 영원할 것이라고 믿은 것이죠."

"세상에……."

"그 남자는 마피아였는데 그럭저럭 벌이가 좋은 조직의 중간보스였어요. 그래서 그 부하들이 복수를 한답시고 저를 잡아다 인신매매상에 팔아버렸죠. 저는 열 살 때까지 허드렛일을 하고 나니나가 열한 살 때부디 슬슬 소매치기를 배웠어요. 그때까지 저는 남자처럼 머리를 빡빡 밀고 다니고 여자아이라곤 믿기지 않을 정도로 걸걸하게 행동했거든요. 그 덕분에 최소한 몸을 팔지는 않았어요."

미하엘은 그녀의 처세술이 대단하다고 생각했지만 이걸 다행이라고 해야 할지 어떨지 판단이 서지 않았다.

그저 기구한 운명이라고밖에 생각 들지 않았다.

"간신히 윤락에선 피해갔지만 소매치기 생활은 그보다 훨씬 더 위험하고 처절했어요. 소매치기로 번 것을 모두 윗선에 상납하고 하루에 한 끼 먹기도 빠듯했거든요. 상납금을 다 못 채우는 날엔 무려 한 시간 동안 쉬지 않고 매질을 당하고 이틀 동안 쫄쫄 굶어야 했어요. 그러니 목숨을 걸고 소매치기를 해야 했지만 세상은 그리 호락호락하지 않았어요. 그래서 훔치다 걸려서 두들겨 맞고 경찰서를 오가기를 밥 먹듯이 했어요. 그뿐인가요? 내가 소매치기하는 구역에 다른 소매치기가 치고 들어오면 목숨을 걸고 싸워서 구역을 지켜내야 했어요. 그래서 칼을 맞은 적도 꽤 있을 정도지요."

개인적으로 꽤나 기구한 운명을 살았다고 생각한 미하엘이지만 자신은 남자라서 덜 처절하게 살아왔다는 생각이 들었다.

충분히 불우한 삶을 살아온 미하엘이 이 정도로 생각했다는 것은 그녀의 인생이 상상 이상으로 힘들었다는 뜻이다.

그녀는 자신의 인생에 터닝 포인트가 되었던 시절의 얘기를 꺼냈다.

"그러다가 열네 살이 되던 해 한 남자의 노트북을 훔쳤는데 흥미로운 프로그램을 발견하게 되었어요. 그건 바로 남의 컴퓨터를 해킹하는 공격 프로그램이었어요. 지금의 수준과 비교하면 형편없을 정도로 조악했지만 그래도 그때엔 어지간한 개인 PC는 다 뚫어낼 수 있었지요. 그즈음부터 저는 남의 PC에 침입하여 개인 정보를 털거나 인터넷을 교란시키는 해킹에 빠져 살게 되었어요. 처음엔 그냥 호기심으로 시작했지만 점점 더 정교한 기술을 배워보고 싶다는 생각에 큰맘 먹고 해커 집단에 들어가게 되었어요."

"그렇다면 당신의 직업은 해커였단 말입니까?"

"블랙피스라는 조직에 대해 들어본 적 있어요?"

"물론이죠. 인터넷에 널리 퍼져 있는 이름 아닙니까? 사회의 심각한 문제를 많이 일으켰지요."

"잘 아시네요. 그 블랙피스의 원년 멤버 중의 한 사람이 바로 저예요.

"허, 허어!"

"처음엔 재미있어서 일을 했고, 그다음엔 저를 괴롭힌 소매치기 조직에서 빠져나올 수 있는 돈을 벌기 위해 일했어요. 그 이후엔 너욱 큰돈을 벌기 위해 임을 했지요. 그 덕분에 20년 후엔 세계 최악의 악명을 가진 블랙피스를 일구게 되었지요."

"으음."

그녀는 자신의 과거를 기억해 냈지만 최근 3년간의 기억을 모두 잃어버렸다.

"지금이 2017년인데 저는 14년도부터의 기억이 없어요. 그때부터 지금까지의 기억이 아예 소멸된 것 같다는 느낌이 들어요."

"아무튼 자신이 누구인지 알았다는 것이 중요하지 않겠습니까?"

"그런가요?"

미하엘은 이제 그녀의 행보에 대해서 물었다.

"앞으론 어쩔 생각인가요? 이제 기억도 찾았겠다, 스스로의
자리를 찾아 떠나야 하지 않겠어요?"

"…그러기를 바라시나요?"

"이 세상의 모든 것은 제자리가 있는 법입니다. 당신이 제자
리를 찾아간다면 저는 당신을 그곳까지 안전하게 바래다 줄
의무가 있어요."

"그럼 우리는 다시 만나기 힘들지도 모르잖아요? 당신은 화
산파의 속가제자가 될 사람이라면서요. 화산그룹은 엄청난 재
화를 벌어들이는 집단인 대신 한 번 던전에 들어가면 쉽게 나
오기 힘들다고 하던데… 그럼 우리는 다신 만날 수 없는 것
아닌가요?"

"만약 그렇다고 해도 어쩔 수 없지요. 당신의 앞길을 막을
생각은 전혀 없으니까요."

"……."

"당신이 있던 자리로 돌아가요. 저는 당신을 언제까지고 응
원할 겁니다."

아나스타샤는 어색하게 웃었다.

"고마워요. 당신의 응원을 받으니 막막하던 마음에 조금은

위로가 되는 것 같네요."

"다행이네요."

현재의 얘기를 했을 때엔 그리도 할 얘기가 많던 두 사람이 건만 미래에 대한 얘기를 할 때엔 아무런 말도 할 수가 없었다.

한동안 정적이 머무는 식탁이다.

*   *   *

그날 밤, 미하엘은 심란한 마음을 달래기 위해 술병을 잡았나.

꿀꺽꿀꺽.

끼디린 청주 한 병을 나발 불어 비워내던 그의 얼굴에 쓴웃음이 걸렸다.

"크흐, 좋다! 달달하면서도 씁쓸한 맛이라, 오묘하군."

이 술의 맛이 지금 아나스타샤와 자신의 관계를 말해주는 것 같았다.

세상 모든 것은 자신이 있어야 할 곳에 있을 때 그 빛을 발하는 법이니, 미하엘은 그녀를 원래의 자리로 되돌려 주려고 마음먹었다.

물론 그녀를 평생 지켜줄 것이라고 다짐했지만 그것은 어디까지나 그녀가 기억을 되찾지 못했을 때의 얘기였다.

어쩌다 엮인 사이지만 그녀는 기억을 잃은 사람이었고, 미하엘은 그녀가 홀로 설 수 있을 때까지 지켜줄 생각이었다.

하지만 이제 그녀는 자신이 왔던 곳으로 되돌아갈 수 있는 상황이 되었다.

'옳은 선택이다.'

그때 미닫이문이 스르르 열렸다.

드르르륵.

문을 열고 들어온 사람은 다름 아닌 아나스타사였다.

그런데 그녀의 몸을 가리고 있어야 할 옷가지는 보이지 않고 실오라기 하나 걸치지 않은 나체가 어슴푸레 보였다.

미하엘은 할 말을 잃고 그녀를 바라보았다.

"…나를 음흉하고 값싼 여자라고 생각해도 좋아요. 다만, 나는 내 마음이 시키는 대로 하고 싶을 뿐이에요."

그는 고개를 가로저었다.

"그렇게 생각한 적 없습니다. 그저 아름다워서 넋을 놓았을 뿐이죠."

그녀는 미하엘의 곁으로 다가와 앉았다.

그러더니 손수 그의 겉옷을 하나하나 벗기기 시작했다.

옷이 벗겨지면서 드러난 그의 몸에는 천사와 악마가 함께 술잔을 기울이고 있는 문신이 수놓아져 있었다.

그 문신에는 수많은 총상과 절상, 자상 등이 자리 잡고 있
었다.

흔히 남자의 몸에 새긴 문신은 그 사람의 인생을 대변해 준
다고 한다.

"무슨 의미의 문신인가요?"

"삶과 죽음, 선과 악은 항상 공존한다. 제 유일한 스승이던
뒷골목 용병이자 문신사이던 남자가 새긴 겁니다."

"추억인가요?"

"괴롭지만 추억이죠. 이것을 새겨준 후 목숨을 잃었으니 유
일한 유산이라고 할 수도 있고요."

"그렇군요."

완벽히 나체가 된 그의 품으로 아나스타샤가 파고들었다.

그녀의 탄탄하고 부드러운 육체가 미하엘의 욕정에 불을 지
폈다.

미하엘은 그녀를 꼭 끌어안았다.

그는 아나스타샤의 봉긋하고 부드러운 가슴을 손으로 꽉
움켜쥐었다.

"아아……!"

아나스타샤의 짧은 외마디 비명이 들렸다.

미하엘은 그런 그녀의 몸을 돌려 서로 마주 보도록 하였다.

그는 아나스타샤를 여전히 끌어안은 채 물었다.

"나를 따르면 고생길이 될 수도 있어요."

"알아요. 하지만 반대로 당신이 나를 받아들인다면 당신 인생에서 굳이 보지 않아도 될 험한 꼴을 많이 보게 되겠죠."

"상관없어요. 나는 당신을 지키기로 맹세했던 몸입니다."

그녀는 미하엘의 가슴에 얼굴을 묻었다.

"…앞으론 당신의 순종적인 여자가 될게요."

"나 역시 든든한 남자가 될게요."

두 사람은 뜨겁고 달콤한 밤을 보냈다.

제3장
지존의 탄생

하늘에서 낙뢰가 떨어져 내리고 땅에선 용암이 솟구치는 전장의 풍경은 북유럽 신화의 라그나로크를 연상케 하였다.

쿠르르릉!

당희윤은 자신의 머리 위로 떨어지는 굵고 강력한 낙뢰를 피하기 위해 본능적으로 신형을 흘렸다.

"허, 허엇!"

그녀가 옆으로 움직이자마자 청색 돌로 된 몽둥이가 날아들었다.

퍼억!

몽둥이는 10만 볼트에 달하는 전기를 여과 없이 뿜어냈다.

콰지지지지직!

"으으으윽!"

만약 당희윤이 무공을 익히지 않았다면 벌써 그녀는 저세상으로의 머나먼 여정을 떠났을 것이다.

구사일생으로 목숨을 건지긴 했어도 사방에서 쏟아지는 몽둥이찜질을 피해낼 재간은 없었다.

그녀는 있는 그대로 몽둥이를 몸으로 다 받아내야만 했다.

퍼버버버벅!

몽둥이는 하나하나에 전부 다른 속성이 부여되어 있었기 때문에 한 대 맞을 때마다 전기가 찌릿찌릿 느껴지는가 하면 불덩이에 온몸을 담근 것처럼 화끈거리기도 했다.

"이런 게기란!"

그러다가 그녀는 머리로 날아든 한 방에 온몸이 얼음상처럼 차갑게 굳어버렸다.

쫘드드드득!

"허, 허어억!"

지금까지 그녀가 살아오면서 이토록 처절하게 맞아본 적이 있는지 감히 상상조차 할 수 없는 고통이 엄습해 왔다.

그녀는 몸을 웅크린 채 몽둥이를 받아들이기로 했다.

퍽, 퍽, 퍽, 퍽!

"윽, 윽, 윽, 윽!"

음악에 맞춰 몸이 들썩거리며 위아래로 춤을 추었다.

당희윤은 불과 5분도 안 되는 시간 동안 무간지옥과 황천을 몇 번이나 오간 것인지 모를 지경이었다.

결국 그녀는 자신도 모르게 한 방울 눈물을 떨어뜨렸다.

"…빌어먹을!"

그녀는 자신이 아버지에게서 무공을 전수받으면서 느낀 고통은 오히려 아무것도 아니라고 생각했다.

그저 이 고통의 시간이 어서 빨리 지나가기만을 바랄 뿐 그 이상도 그 이하도 생각할 수가 없었다.

만약 누군가 이 고통을 끝내줄 수만 있다면 바닥을 기면서 신발을 핥으라고 해도 기꺼이 그럴 생각이 있었다. 아니, 그럴 수만 있다면 자존심쯤은 저 멀리 던져두고 비겁자가 될 것이다.

그런 그녀에게 구원의 손길이 느껴졌다.

"그만."

―깡, 깡!

속성석 인형들이 매질을 멈추자마자 그녀는 한차례 몸을 떨었다.

"으으으……!"

잔악하고 악랄하던 당문의 독왕은 온데간데없고 가냘픈 묘

지존의 탄생 67

령의 여인으로 돌아온 그녀였다.

그녀는 자신의 앞에 선 태하의 발을 손으로 잡았다.

"사, 살려주십시오."

"당문의 문주가 이렇게 약해 빠져서야 어디에 쓰겠나?"

"그런 허울뿐인 자리는 더 이상 저에게 의미가 없습니다. 그
러니……"

태하는 슬그머니 미소를 지었다.

"정말?"

"무, 물론입니다!"

그녀의 극한을 잘 알고 있는 태하로선 이쯤에서 몽둥이찜
질을 멈출까도 생각했다.

그렇지만 지금까지 그녀가 보여준 모습들을 떠올리자 그러
고 싶은 생각이 싹 달아났다.

그는 속성석 검을 뽑아 들었다.

스릉!

당희윤은 소스라치게 놀라 진저리를 쳤다.

"저, 저를 어떻게 하실 것인지……"

"하는 것 봐서 결정하겠다."

사실 그녀는 지금 낙뢰의 속성석에 너무 많이 맞아 제정신
이 아니었다.

만약 고통이 가시고 제정신으로 돌아온다면 언제고 배신을

할 수도 있다는 소리였다.

그녀의 상태를 너무나도 잘 알고 있는 태하이기에 쉽사리 매질을 멈추지 않았다.

"아직 덜 맞은 것 같아. 눈빛이 살아 있잖아."

"아, 아닙니다! 정말 아닙니다! 정말입니다!"

"으음, 아니야. 내가 생각할 때 이건 좀 아닌 것 같아. 눈이 확 풀려서 침을 질질 흘릴 때까지 맞아야 정신을 차릴 거야. 음, 맞아. 확실히 그럴 거야."

당희윤은 벌떡 일어나 무릎을 꿇고 손이 발이 되도록 싹싹 빌었다.

"흑흑! 아닙니다! 정말 아니란 말입니다!"

"당문의 수장이라는 여자의 말을 그리 쉽게 믿을 수야 있나? 눈물은 여자의 무기라고. 난 그것을 너무나도 잘 알고 있지."

"사, 살려주십시오!"

"당연히 살려줄 거야. 하지만 그냥은 못 살려주지."

태하는 그녀를 가리키며 외쳤다.

"어이, 정신을 못 차릴 때까지 더 확실히 조져!"

─깡깡!

속성석의 경지는 이미 자연경에 이르렀고, 태하는 이름뿐인 검선이 아니라 무학의 신선인 무선의 경지에 이르렀다.

이제 태하는 구름과 바람을 다스리고 자연의 모든 것을 수족처럼 부릴 수 있는 신선의 경지에 도달한 것이다.

그가 손가락을 한차례 튕기자마자 자연경의 속성석들이 미친 듯이 매질을 시작했다.

퍼버버버버벅!

"으억, 으허어억!"

인간이 내는 신음이라곤 전혀 생각하지 못할 정도의 처절한 비명이 사방을 가득 채웠다.

태하는 잠시 그녀를 내버려 두고 주변에 널브러져 있는 반쪽짜리 고수들을 바라보았다.

그들 역시 당희윤과 별반 다를 것 없 신나게 두들겨 맞고 있었다.

퍽, 퍽, 퍽!

"으윽, 제발 좀 그만 때리십시오! 무조건 저희들이 잘못했습니다! 시키는 일이라면 내장을 빼서 줄넘기라도 하겠습니다! 그러니 제발……!"

"으헤헤, 으헤헤헤?! 죽을 거야! 죽는 것이 낫다고!"

맞다가 미쳐서 웃는 자들도 있고 살려달라고 애원하며 통곡하는 자도 있다.

태하는 이미 정신이 나가 미쳐 버린 그들이지만 결코 매질을 멈출 생각이 없었다.

이들의 멘탈이 얼마나 대단한지 잘 알고 있기 때문에 한두 시간 족쳐선 약발이 들을 리 없다고 생각한 것이다.

"더 확실히 조져라. 아예 흐물흐물한 밀가루 반죽처럼 만든다."

─까앙, 까앙!

인령진의 한계는 없어졌다.

숫자, 크기, 형태 상관없이 무한의 능력을 넘겨받아 태하의 입맛에 맞는 무적자들로 다시 태어난 것이다.

태하의 충성스러운 인령진의 숫자는 무려 일천에 달했고, 지금도 마음만 먹으면 한 국가의 군대와 맞먹는 인원을 소환할 수 있었다.

심지어 그들은 형태의 틀을 벗어났기 때문에 눈으로 한번 본 무기는 야포와 미사일까지 전부 복사할 수 있는 경지였다.

한마디로 태하 한 명이 한 국가의 전투력을 넘어선다는 소리였다.

만약 태하가 마음만 먹는다면 초일류 국가를 상대로도 전쟁을 치러 손쉽게 이길 수 있을 것이다.

이제 그는 혼자서 청야성을 쳐부술 힘을 갖게 된 것이다.

"입에서 악 소리를 내뱉을 힘도 없을 때까지 족쳐라. 손만 대도 오줌을 지릴 정도로 말이야."

퍽퍽퍽!

사방에서 피가 튀고 뼈가 부러지는 소리가 절규와 함께 울려 퍼졌다.

*　　　*　　　*

대략 세 시간 후, 눈에 띄게 수척해진 청야성의 끄나풀들이 납작 엎드려 태하를 바라보고 있다.

사람 위에 군림하는 취미는 없지만 지금 이 상황에선 그런 오만한 행동이 필요했다.

태하는 끄나풀 중에서 가장 선두에 엎드려 있는 당희윤에게 물었다.

"너희들을 이끄는 리더가 누구인가?"

"청야성주 미스터 그레이입니다."

"미스터 그레이라······."

"머리가 회색이라서 그렇게 불린다고 들었습니다."

"국적은?"

"저희들도 자세히는 모릅니다. 다만 놈의 하수인이자 청야성의 부성주인 막스라는 남자의 얼굴과 연락 방법은 알고 있습니다."

"막스라?"

"듣기론 각 국가의 끄나풀을 총괄하고 필요하면 유엔까지 움직이는 권력자라고 했습니다."

"한마디로 흑막을 좌지우지하는 권력의 핵이라고 볼 수 있 겠군."

"그렇습니다. 하지만 막스 역시 미스터 그레이의 하수인일 뿐 모든 것은 그레이의 명령하에 이뤄집니다."

"음."

지금 무엇보다 중요한 것은 그들이 꾸미고 있는 일의 궁극 적인 목표가 무엇인지를 알아내는 것이었다.

태하는 일의 청사진에 대하여 아는 것을 모두 털어놓도록 종용하였다.

"청야성의 계획을 아는 그대로 고해라. 그렇지 않으면 모두 다 매질할 것이다."

그녀는 깊이 고개를 조아렸다.

"마, 말씀하신 사안에 대하여 답하겠습니다! 빠짐없이 대답 하겠습니다! 그러니 제발……."

"말해봐."

"놈은 블랙슈거 프로젝트를 탈취한 이후 몬스터 코어를 가 공하여 에너지로 전환하는 기술을 취득하였습니다. 그 기술 력을 바탕으로 전 세계 각지에 발전소를 세우고 그에 따른 로 열티를 받아 챙겼습니다. 원래 청야성은 정보 장사나 주가 조 작 등으로 재미를 보는 집단이었습니다만, 그 리스크머니뿐만

아니라 에너지산업을 좌지우지하는 권력의 핵심으로 급부상
한 것이지요."

"흠, 그렇다면 놈들이 지금의 이 권력을 유지할 수 있는 것
도 각 나라의 수뇌부와 관련이 있겠군."

"국회의원이나 재력가들이 담합하여 그들에게 권력을 밀어
준 경우도 있다고 들었습니다. 때문에 각 나라에 끄나풀이 존
재할 수 있는 것이고요."

"에너지산업을 틀어쥔 권력가들이라니… 생각보다 머리가
좋군."

그들이 애써 블랙슈거 프로젝트를 탈취한 것은 앞으로 에
너지산업을 손아귀에 넣는 사람이 전 세계를 좌지우지할 것이
라는 사실을 미리 예측하고 있었기 때문이다.

"이제 이 블랙슈거 프로젝트를 기반으로 생체병기를 만들어
내는 기술력까지 고안해 냈습니다. 그들은 화경, 혹은 현경의
경지를 가진 군대를 조직하여 전 세계를 지배하려는 야욕을
품고 있습니다. 청야성이 꿈꾸는 세계는 힘의 논리만이 존재
하는 전 세계 1인, 1당의 독제 체제입니다. 그것이 이 세상의
태평성대를 이룩하는 유일한 길이라고 믿고 있는 것이지요."

"미친놈들이군. 그 때문에 선량한 사람들이 얼마나 죽어나
갔던가? 그게 선이라고 믿는다면 정말 제정신이 아닐 것이다."

지금까지 청야성이 사람을 잡아 죽이고 납치한 것은 모두

자신들의 연구를 완성시키고 군대를 조직하기 위함이었다.

"그렇다면 청야성이 무공을 수집하고 그것을 전수한 것은 모두 실험의 일환이겠군."

"모든 것은 실험으로 비롯된 것이었습니다. 지하 무림을 접수하겠다며 설치고 끄나풀을 움직여 비선실세를 만든 것 역시 실험을 완성시키기 위함이었지요. 심지어는 죽어나간 무인들의 DNA를 채취하여 재배합하고 그를 통하여 완벽한 인류를 만들어내겠다는 야욕을 품고 있습니다."

"그것을 완성시키는 핵심이 바로 블랙슈거의 생체공학이고?"

"예, 그렇습니다."

그녀는 자신의 심장에 달려 있는 공급 장치를 가리키며 말했다.

"이것이 바로 생체공학의 핵심 기술입니다. DNA를 합성한 후에도 거부반응이 일어나지 않도록 지속시켜 주며 내공을 증진시켜 현경의 경지에 오르게 해주는 장치이지요. 아마 제가 이끌고 있는 이놈들만으로도 한 나라의 군대가 쓸리는 것은 일도 아닐 겁니다."

현경의 고수 한 명이 갖는 파급효과가 한 국가를 뒤흔들 정도인 것을 감안한다면 이들의 파급력은 상상을 초월하는 것이다.

만약 태하의 힘이 조금만 더 약했더라면 지구는 벌써 멸망의 구렁텅이로 굴러들어 갔을지도 모른다.

그는 더 이상 좌시할 수 없다고 생각했다.

"좋아, 그렇다면 그 막스인가 뭔가 하는 놈을 사로잡아 자세한 것을 더 청취해 보도록 하지."

"그를 잡아서……."

"같은 방식으로 굴릴 것이다. 만약 놈이 독종이라서 매질을 견딘다면 더욱더 강하고 악랄하게 족칠 것이다. 이게 바로 너희들이 원하는 힘의 논리 아니겠나?"

그녀는 스스로 태하에게 그와의 접촉 방법에 대해 설명하였다.

"제가 그놈과 연락하는 것은 자필 편지 한 통, 이메일 한 통입니다. 이 두 개를 같이 보내고 그것이 믹스에게 노착하면 그쪽에서 먼저 연락이 옵니다. 약속 장소에는 어김없이 그가 있기 때문에 잡으시려 마음만 먹는다면 못 할 것도 없을 것입니다."

태하는 불안에 가득 찬 그녀의 눈에서 진심이라는 것을 읽을 수 있었다.

"좋아, 한번 믿어보기로 하지."

"가, 감사합니다!"

그는 연신 고개를 조아리는 그녀에게 다가갔다.

그러자 그녀가 가볍게 몸을 떨었다.

"…무, 무슨 하명하실 말씀이라도?"

"내가 미리 경고하는데, 만약 내가 모르는 암호로 서로 내통을 했다간 곧바로 머리통이 날아갈 것이다. 그리고 지금까지 네가 살아 있다는 것에 회의를 느끼게 해주겠어. 알겠나?"

"무, 물론입니다! 절대로 그럴 일은 없을 겁니다!"

태하가 이렇게까지 지독하게 그녀를 괴롭힌 것은 정신착란을 일으키기 위함이었지만 당희윤이 연기를 하고 있음을 배제할 수는 없었다.

그녀가 암호화된 편지를 보내어 역으로 군대를 불러오는 것은 문제가 아니었지만 만약 그가 도망이라도 치는 날엔 모든 것이 허사였다.

그 때문에 그녀를 더욱 확실하게 고문한 것이다.

태하는 그녀를 절반만 믿어보기로 했다.

"노트북과 편지지를 가져다주겠다. 이것으로 나에게 믿음을 보여봐라."

"실망시키지 않도록 최선을 다하겠습니다!"

"당연하지."

그녀는 당장에라도 간, 쓸개 할 것 없이 다 빼줄 것처럼 행동하였다. 하지만 여전히 그녀를 노려보는 눈이 많았다.

"한 끗 차이다. 명심해라."

"물론입니다!"

잠시 후 그녀의 앞으로 노트북과 편지지가 전달되었다.

* * *

이른 새벽의 해적섬은 아직도 술 파티가 벌어지고 있었다.

1년 365일 중 약탈 원정을 떠나는 시기를 제외하곤 항상 술판이 벌어지는 이곳에선 아주 흔한 풍경이라고 볼 수 있었다.

쿵쿵! 짝짝!

그러나 화려한 음악에 맞춰서 춤을 추고 술을 마시는 남녀들을 뒤로하고 조용한 지하실에 앉아 있는 사람도 있었다.

장수원은 엔이 가져다준 수십지를 통히여 현재 시하 무림 세계에서 일어나고 있는 모든 일에 대해서 전해 듣게 되었다.

그는 명화방이 거의 파괴 직전까지 갔다가 이제 막 재건에 들어간 것에 놀랐지만 그 무엇보다도 태하의 생환과 그의 이복동생의 등장에 더 놀랐다.

장수원은 자신이 없이도 잘 돌아가는 무림이지만 스스로가 이들에게 도움이 될 수 있을 것이라 생각했다.

그는 곁에 앉은 엔에게 청야성의 정체에 대해 물었다.

"청야성이라는 단체에 대해서 아는 것이 있나?"

"청야성이라……."

엔은 장수원의 허벅지로 스윽 손을 집어넣었다.

"음, 글쎄. 어떤 것이 알고 싶은데?"

"…제발 그 손 좀 치우고 얘기하면 안 될까?"

"쳇, 빼긴. 당신 정말 남자 맞아?"

"남자지. 그러니 슬하에 자식까지 있는 것 아닌가?"

"그렇게 혈기 왕성하면서 나를 덮치지 않는다고? 심지어 내가 유혹을 해도 넘어오지 않고?"

"이 세상에는 여러 가지 유형의 남자가 있다. 나는 그중에 조금 특이한 사람이라고 생각하면 쉬울 것이야."

"고자는 아니고?"

"…마음대로 생각해."

그녀는 아쉬움이 가득한 한숨을 푹 내쉬었다.

"휴우, 내 팔자야. 이런 남자를 평생 서방으로 받들고 살아야 하다니, 내 인생도 참 기구하단 말이지."

"자꾸 결혼을 전제로 말하지 말아줬으면 좋겠군."

"당신의 몸을 나에게 주지 않는 것이 자기 마음인 것처럼 나 역시 무슨 말을 하든 내 자유 아니야? 그건 지켜줬으면 좋겠어."

다소 황당하긴 하지만 그녀의 말이 아주 틀린 것은 아니기에 장수원은 하고 싶은 말을 삼키고 물었다.

"아무튼 청야성에 대해서 말해주겠나?"

"음, 어디서부터 얘기해야 하나?"

그녀는 테이블 위에 놓여 있는 술잔에 술을 가득 따랐다.

쪼르르르.

"일단 한잔해. 얘기가 좀 길어."

"좋지."

엔은 대략 30년 전으로 거슬러 올라갔다.

"우리 아버지가 처음 해적단을 꾸려 대서양으로 나갔을 무렵 전 세계적으로 악명을 떨치는 해적단 네 개가 있었대. 그들은 서로의 구역을 침범하지 않으며 일종의 평화조약을 맺고 살았어. 그리고 해적들의 장터이지 정보교환시인 태평양의 에메랄드 라군을 구축하고 서로 교류하면서 살아갔지. 그런데 이들의 세력이 점점 강해질 즈음 유엔군 힘내가 어떻게 알고 공격을 해왔다는 거야. 어디서부터 정보가 샌 것인지는 몰라도 이제 막 해적 집단을 탈피하여 거대한 정보화 조직으로 거듭나고 있을 무렵이라 타격이 이만저만이 아니었지. 정보를 팔아먹는 사람들의 정보가 새어 나간다면 누가 믿고 정보를 사겠어?"

"그래, 확실히 그건 그렇군."

"당시 에메랄드 라군을 오가며 장사하던 해적단의 연합을 에메랄드 연합이라 칭했는데, 정규군과의 전쟁 5년 만에 협상

타결에 들어갔어. 에메랄드 연합은 유엔군과의 전쟁에서 점점 피폐해져 거의 아사 직전까지 갔거든."

"지금 이 규모의 해적단보다 훨씬 강력했을 세력 네 개를 압도할 정도의 규모라⋯⋯. 그 정도의 함대라면 일반인도 소식을 들었을 테지만 나 역시 그런 소리를 들은 적이 없어. 비공식 함대인가?"

"맞아. 이들이 바로 청야성이야. 청야성이 유엔에 압력을 넣어서 함대를 구성하고 몬스터를 토벌한다는 명목하에 해적들을 습격한 것이지."

"흠, 그렇지만 이해가 안 가는 것이 있군. 해적을 토벌하는 것은 세계 평화를 유지하기 위함이니 굳이 비정규군을 꾸릴 필요는 없잖아?"

"당연하지. 하지만 말했다시피 그들은 청야성의 압력으로 구성된 비공식 군대야. 당연히 목적이 있었지."

그녀는 당시의 상황을 잘 보여주는 시료인 사진 한 장을 꺼냈다.

사진에는 네 명의 해적이 군복을 입은 사람들과 함께 서류에 서명하는 장면이 찍혀 있었다.

"이 조약으로 인해 에메랄드 연합은 해체 수순을 밟게 돼. 청야성이 이들을 용병으로 고용한다는 조건을 내걸고 수백억 달러의 돈을 지불했거든. 그 이후로도 청야성은 고용주로서 각종 임무를 하달하고 그 대가로 수천만 달러의 돈을 지불했어. 한 건만 해결해도 해적단이 배불리 먹고살 수 있으니 굳이 약탈을 할 필요가 없어진 것이지."

"한마디로 해적들을 돈 주고 산 것이군."

"머리가 좋은 것이지. 당근과 채찍을 적절히 잘 이용해서 해적들을 하수인처럼 부리게 된 거야."

"흠."

"아무튼 그 이후로 에메랄드 연합은 용병과 정통 해적으로 갈렸어. 연합은 조약 체결 이후 열 개의 해적단을 추가로 모집했는데 그들은 아직도 청야성의 끄나풀로 남아 있어. 우리 해적단만이 유일하게 놈들의 손아귀에서 빗어나 녹자적인 세력을 구축했어."

"그렇다면 마찰이 불가피하겠군."

"당연하지. 놈들은 우리 해적단만 보면 싸움을 걸어와 한 해에 죽어가는 인명이 수백 명이 넘어. 그나마 우리가 유지될 수 있는 것은 전 세계에서 망명하는 범죄자들이 있기 때문이야. 그렇지 않다면 우리는 지금쯤 흔적도 찾을 수 없을지도 모르지."

그녀는 청야성의 해적단이 갖는 의의에 대해 설명했다.

"해적단은 그들의 그림자야. 그러면서도 동시에 정보를 수집하는 중요한 역할을 해주지. 한마디로 청야성의 그림자로 살면서 그들의 눈이 되어주고 있다는 소리야."

"그럼 에메랄드 연합을 재건한다면 그들의 눈을 파내는 꼴이 되는 건가?"

"그렇다고 볼 수 있지."

장수원은 고향으로 돌아가려던 계획을 접었다.

"좋아, 그렇다면 내가 너희들을 도와 에메랄드 연합을 다시 구축해 주겠다."

"뭐? 정말이야?"

"물론이지. 다만 너희들은 이제부터 해적단이 아니라 사설 군대로 거듭난다. 만약 내 지휘 아래 들어와 사설 군대가 될 수 있다면 에메랄드 연합은 부활할 수 있어."

비정규군인 해적단이 군대로 거듭날 수 있다는 것은 충분히 매력적인 일이지만 그것은 현실적으로 거의 불가능에 가까운 일이었다.

그녀는 확 끌리는 그의 제안을 쉽사리 받아들일 수가 없었다.

"사설 군대라……. 아주 좋은 단어지. 우리가 이제 체계적인 전투를 치를 수 있다는 거잖아? 하지만 우리는 원래 해적이야. 지독한 훈련을 견뎌낼 수 있을 리가 없다고."

"하지만 그들에게 동기가 부여된다면 어떨까?"

"동기?"

"사설 군대가 되어 일종의 용병으로 살아가는 거지. 내가 속한 무림연맹과 친교하여 암묵적으로 의뢰를 받는 거야. 우리 무림연맹의 자금력은 청야성이 부럽지 않아. 무림연맹은 전 세계 에너지산업을 주도하고 있거든. 만약 우리가 던전에서의 생산 활동을 포기한다면 지구는 또다시 몸살을 앓게 될 거야."

"흠."

"만약 너희들이 체계적인 훈련을 받아서 무기를 운용하고 전투함을 몰 수 있다면 충분히 외주를 받을 수 있을 거야. 이를테면 코어 운반을 호위한다든지 해상 전투에 투입된다든지. 지금까지와 같이 목숨을 걸긴 하지만 조금 더 안전하고 돈벌이가 확실하다고 봐야지."

"그렇지만 국제법이 우리를 가마히 내버려 두지 않을 텐데?"

"그래서 내가 사설 군대라고 했잖아. 어차피 시민권도 없는데 무슨 상관이야?"

"그렇다면야……."

"어때, 나의 계획이?"

그녀는 절반쯤 넘어온 것으로 보였다.

"청사진은 그려둔 거야?"

"대충. 만약 의사 타결만 된다면 당장 실행에 옮길 수 있어."

엔은 고개를 끄덕였다.

"좋아, 내일까지 의견 타결을 볼게. 그럼 되는 거지?"

"물론이지."

지금 장수원의 말이 현실로 이뤄지게 된다면 이들은 작은 국가를 얻을 수도 있게 된다.

한마디로 영원한 도망자에서 탈피할 수도 있다는 뜻이다.

"당신만 믿겠어."

"최선을 다할게."

두 사람은 잔을 부딪쳐 단숨에 술잔을 비웠다.

* * *

프랑스 파리의 뒷골목 술집 '작은 요정'으로 한 쌍의 남녀가 들어섰다.

딸랑!

작은 요정에는 이른 아침임에도 불구하고 꽤 많은 사람들이 술에 취해 돌아다니고 있었다.

두 사람은 술집의 구석 자리를 잡았다.

"분위기가 참 익숙하네요."

"그래요?"

미하엘은 아나스타샤와 함께 자신의 옛 동료인 마티아스

코치를 찾아왔다.

프랑스의 뒷골목에서는 알아주는 정보 장사꾼으로 통하는 마티아스는 한때 미하엘과 함께 부랑자 생활을 한 남자이다.

그는 이곳 작은 요정을 정보의 장으로 사용하면서 수많은 사람들의 의뢰를 수주하고 반대로 정보를 사들이기도 했다.

마티아스가 미하엘에게 압생트 한 병을 가지고 다가왔다.

"미하엘!"

"마티아스!"

두 사람은 만나자마자 뜨겁게 포옹을 나누었다.

이어 그는 미하엘의 얼굴을 바라보며 쓸쓸하게 웃었다.

"좀 야위었군."

"소식을 들은 모양이구나."

"그래. 생각지도 못한 강자를 만나 본선 첫 무대에서 떨어졌으니 충격이 얼마나 컸겠어?"

"후후, 괜찮아. 그로 인해서 화산과 인연이 닿았으니까."

"정말이야?"

"내가 자네에게 무엇하러 거짓말을 하겠나?"

"으음, 잘된 일이야. 연고도 없이 사냥을 나서는 자네가 안쓰러웠거든."

"그래도 자네의 정보 덕분에 입에 풀칠을 할 수 있었어. 앞으로 내가 도울 일이 있다면 기꺼이 돕겠네."

"하하, 친구끼리 무슨."

마티아스는 아나스타샤에게 정중히 고개를 숙였다.

"처음 뵙겠습니다. 저는 미하엘의 오래된 지기입니다. 관계가……."

"미래를 약속했어요."

"아아! 약혼?"

미하엘은 고개를 저었다.

"아니, 약혼이 아니고 우리는 앞으로 영원히 함께 살아가기로 약속했어."

"뭐? 언제 그렇게 가까운 사이의 여자를 만들었어? 자네는 여자라면 가까이하지도 않았잖아?"

"기간이 길지는 않아. 하지만 그녀를 지켜야겠다고 다짐했어. 짧지만 확신이 들었다고나 할까?"

마티아스가 실소를 했다.

"후후, 재미있군. 자네가 그런 생각을 다 했다니 말이야. 어떻게 보면 기특한 것 같기도 하고."

"기특해?"

"드디어 정착할 생각을 했지 않나?"

"뭐, 그건 그렇지."

"그것만으로도 충분히 장하다고 생각하네."

그는 친구가 잘되는 것을 진심으로 기뻐하고 즐거워하는

것 같았다.

마티아스는 아나스타샤에게 연신 고개를 숙였다.

"이런 놈팡이에게 시집을 와주시다니 제가 다이아몬드 목걸이라도 선물로 드리고 싶군요."

"아닙니다. 오히려 제가 고맙죠. 저와 같이 별 볼 일 없는 여자에게 기꺼이 목숨을 걸겠다는 남자를 만났으니까요."

미하엘은 마티아스를 테이블에 앉게 했다.

"아무튼 만났으니 한잔하자고. 술 괜찮지?"

"물론이지. 밤새 장사를 했으니 이제는 좀 놀아도 괜찮을 거야."

"다행이군."

남자들은 진짜 소중한 여자가 생기면 자신의 주변인에게 가장 먼저 소개시키게 되어 있다

남자가 인생을 살아가는 데 있어 우선순위를 정하자면 첫 번째로는 연인이겠지만 그에 못지않게 소중하게 생각하는 것이 바로 친구이기 때문이다.

우선순위 첫 번째, 두 번째를 다투는 친구를 소개시키지 않고서 소중한 사람을 안고 간다는 것은 불가능한 일이다.

어떤 경로로든 남자는 여자에게 자신의 소중한 사람을 소개시키고 친구에게도 연인이나 부인이 될 사람을 소개시킨다.

이것은 자신의 인생을 함께한 사람들에 대한 예의이며 앞

으로의 미래를 약속하는 표시이기도 하다.

마티아스는 세 개의 잔에 모두 술을 따랐다.

"한잔 마시자고. 두 사람의 밝은 미래를 위하여!"

"위하여!"

잔을 부딪친 세 사람은 압생트를 쉬지 않고 비워냈다.

꿀꺽!

"크흐, 좋다!"

"…독하네요. 하지만 좋은데요?"

"역시 맛을 아시는군요."

그는 두 사람의 결혼에 대해 논하였다.

"식은?"

"아직 생각하지 못했어. 눈앞에 처리하지 못한 일이 있거든."

"으음, 그래?"

"그 일이 마무리되면 식을 올릴 생각이야."

마티아스는 자신이 도움을 줄 수 있는 일이라면 기꺼이 도울 생각이다.

"무슨 일인데? 내가 도울 수 있다면 어떤 방식으로든 도움을 주고 싶군."

"으음, 그게 좀 복잡한 사연이 있어."

"사연?"

그는 자세를 고쳐 앉았다.

"들을 준비는 되어 있네."

"고마워. 그럼 애기 좀 들어주게."

자신의 어린 시절을 함께한 친구에게 모든 것을 털어놓기 시작하는 미하엘이다.

제4장
서서히 드러나는 정황들

이른 아침부터 시작한 사정 청취는 무려 정오가 되어서야 막을 내렸다.

마티아스는 짐짓 심각한 표정으로 일관하고 있었다.

"…그러니까 그놈들이 뒤를 쫓은 이유를 알아내기가 참으로 곤란하겠군."

"그렇지."

"흠, 혹시라도 놈들의 특징 같은 것을 기억하고 있나?"

"특징?"

곰곰이 생각에 잠겨 있던 미하엘을 대신하여 아나스타샤가

입을 열었다.

"총에 독특한 문양을 새겨 넣은 것 같아요."

"문양이요?"

그녀는 물 잔에 손가락을 담그더니 테이블 위에 그림을 그려 나갔다.

슥슥슥.

아나스타샤가 그린 것은 원 안에 떠오르는 태양이 그려진 상형문자였다.

가만히 문양을 바라보던 마티아스가 이내 무릎을 쳤다.

"…청야성!"

"청야성?"

"이놈들, 우리 정보 장사꾼들 사이에선 아주 악명이 높아. 현대의 에너지산업을 쥐고 흔드는 흑막이라고 할 수 있지."

"음."

"각 나라에 끄나풀이 있고 심지어는 유엔까지 좌지우지한다고 하더군."

"그렇다면 엄청난 세력이 아닌가?"

"물론이지. 그나저나 이놈들이 어째서 아나스타샤의 뒤를 쫓게 된 것이지?"

"3년 전의 기억부터 잘 나지 않아서 그것을 알아내는 것이 쉽지 않아. 다만 아나스타샤가 대단한 해커였다는 것만은 확실해."

"해커?"

"블랙피스라고 들어봤나?"

"잘 알지."

"그곳의 원년 멤버야."

그녀는 자신의 암호명을 거론하였다.

"블랙실버라는 이름을 사용했죠."

"…블랙실버?! 혹시 미국 국방부를 뚫은 그 블랙실버?"

"네, 맞아요."

"허어! 이제 보니 거물이 이곳에 있군!"

"거물이라니?"

"얼마 전에 월스트리트를 폭파시키겠다고 협박한 사람들이 있었어. 그들이 바로 블랙피스야. 그 공격을 주도한 사람이 바로 블랙실버이고."

그녀는 자신이 모르고 있던 사실을 전해 듣자 조금은 당황한 모습이다. 하지만 워낙 많은 사건 사고를 일으킨 그녀이기에 금세 평정심을 되찾았다.

"월스트리트라……. 도대체 왜 그런 짓을 한 것일까요?"

"사실은 TMS 리모컨이라는 미국 군사 체계 원격 조종 시스템을 해킹하고 그것과 동시에 월스트리트에 타격을 가하여 혼란을 가중시키려 한 것 같더군요."

"으음."

"뭔가 기억나는 것이 있으십니까?"

아나스타샤는 그의 설명을 듣곤 단편적인 기억을 떠올려 냈다.

"그러고 보니 제가 리더의 명령으로 프로그램을 해킹한 것 같기는 해요. 그것으로 누군가와 거래를 한 것 같은데… 그 거래와 지금의 일이 무슨 관련이 있을까요?"

"TMS 리모컨은 3차 세계대전을 일으킬 수 있는 위험한 수단입니다. 그것을 가지고 있다면 당연히 타격을 받을 수 있겠죠."

"흠."

"아무튼 간에 만약 이 모든 것이 사실이라면 사태가 좀 심각해. 왜냐하면 청야성은 가만히 앉아서 두들겨 맞을 놈들이 아니거든."

"그럼 어쩌나?"

"일단 이것을 안전하게 맡아줄 단체를 찾아가."

"그런 단체가 있을까?"

"내가 무림연맹에 줄을 놓을 테니 개방과 접촉해 봐. 개방이라면 보호해 주고도 남을 거야."

"만약 그렇게 했다가 개방이 국가들과 충돌을 일으키면 우리를 버리지 않겠어?"

그는 고개를 저었다.

"그럴 리 없어. 지금의 유엔보다는 무림연맹이 훨씬 더 강력한 힘을 가지고 있으니까."

"그렇군."

마티아스는 두 사람에게 안전 가옥을 제공하기로 했다.

"같이 가세. 안전 가옥에서 개방과 접촉하고 일을 진행하기로 하지."

"고맙네."

"고맙긴, 자네가 다치면 내가 평생 제대로 살 수나 있겠어?"

그는 두 사람을 안내하였다.

"일단 갑시다. 할 일이 많아요."

"네, 알겠어요."

마티아스는 가게 문을 닫고 프랑스 파리를 빠져나가기로 했다.

*　　　*　　　*

그날 밤, 소식을 들은 개방에서 곧장 아나스타샤를 찾아왔다.

개방은 그녀가 가진 프로그램의 진위 여부를 떠나서 청야성이 뒤를 쫓는다는 것에 집중하였다.

"일단 우리 연맹이 가지고 있는 안전 가옥으로 갑시다. 그곳에서 하오문과 개방의 보호를 받으면서 기거하고 계십시오."

"하오문이라……."

"우리와 함께 연맹의 눈과 귀가 되는 조직입니다. 정보력으로 따지면 오히려 우리보다 한 수 위라고 할 수 있죠."

"그렇군요."

"아무튼, 최대한 빠른 시간 내에 러시아로 갑시다."

마티아스는 자신은 이곳에 남아 이들을 돕기로 했다.

"그럼 저는 이곳에 남아 미끼를 좀 던져보겠습니다."

"미끼요?"

그는 아나스타샤에게 교묘하게 성능을 다운시킨 프로그램 제작을 의뢰하였다.

"놈들이 깜빡 속을 정도로 정교하지만 실속은 없는 그런 프로그램을 만들 수 있겠습니까?"

"물론이죠. 파일 몇 개만 빼도 충분하니까요."

"좋습니다. 오늘 안에 만들어주시면 제가 놈들에게 혼란을 주겠습니다."

"알겠어요. 소스만 다시 짜볼게요."

"그러시지요."

개방의 장로 황병호는 마티아스에게 USB를 하나 건넸다.

"그럼 이걸 가지고 계십시오. 그리고 이 계좌에서 돈을 인출해서 사용하십시오. 최대한 많이 사용하셔야 합니다."

"돈이요?"

"돈을 받았다는 정황이 있어야 놈들이 더 쉽게 믿을 것 아닙니까?"

"으음, 그건 그렇군요."

"제가 계좌의 명의를 아나스타샤 씨로 옮겨놓을 테니 돈만 사용해 주시면 알아서 증거가 생길 것입니다."

아나스타샤는 USB를 들어 다시 황병호에게 건넸다.

"아니요. 제가 돈을 보낼게요. 사방에서 돈을 받아 잘 쌓아 두었으니 만약 돈을 쓴다면 이 돈을 쓰는 것이 맞는다고 생각해요."

"아아, 그것도 일리가 있군요."

"기왕지사 한다면 확실한 것이 좋지요. 그렇지 않을까요?"

마티아스는 고개를 끄덕였다.

"뭐, 어떤 방식으로든 돈을 받았다는 정황이 필요한 것이라면 누가 주어도 상관없습니다."

"그렇다면 제 돈을 써주세요. 저희에게 정보를 주셨고 앞으로도 도와주실 텐데 이 정도는 드려도 된다고 생각해요."

"좋습니다. 그럼 그 돈은 좋은 곳에 사용하도록 하겠습니다."

"감사해요."

"아닙니다. 제가 더 감사하지요. 아무리 놈들에게 갈취한 돈이라고 해도 이렇게 시원하게 돈을 내어놓기는 쉽지 않으니까요."

미하엘은 마티아스의 어깨를 손으로 꽉 쥐었다.

"고맙다. 이렇게까지 신경 써줘서."

"별소리를 다 하는군. 친구끼리 그런 소리 하면 오히려 기분 나빠. 알잖아?"

"뭐, 그건 그렇지."

"아무튼 제수씨를 데리고 최대한 빨리, 그리고 멀리 도망가. 그래야 내가 일하기가 편해져."

"알겠어."

황병호는 마티아스와 무림연맹이 함께 움직일 것을 권하였다.

"아무리 정보력이 좋다곤 하지만 그래도 스스로를 방어할 수단은 있어야 할 것입니다. 저희 연합에서 고수들을 파견해 드리겠습니다. 그들과 함께 움직이면서 안전을 확보하시죠. 이제부터는 당신도 우리에게 중요한 인물이 되었으니 가만히 있을 수가 없군요."

"그렇게 하겠습니다. 저도 기왕이면 안전한 편이 좋지요."

그는 몇 시간 후 무림연맹에서 사람을 보내면 출발하는 것으로 일정을 조율하였다.

"다섯 시간 후에 출발하겠습니다. 그 안에 유럽 등지에서 활동하는 문파에서 사람을 보낼 테니 그때 움직이시죠."

"알겠습니다."

일정이 정해졌으니 이제는 활발하게 움직이는 일만 남았다.

*　　　*　　　*

늦은 밤, 검은색 깃발을 꽂은 개조 어선 열 척이 소말리아 주제 미 해군기지로 접근하고 있다.

솨아아아아!

배를 몰고 있는 이들은 해적단 레드팁의 행동대원들이었다.

장수원은 고개를 돌려 해적들을 둘러보았다.

"후우!"

"긴장되는가?"

"아무래도 정규군과의 직접적인 전투니까."

저마다 권총을 하나씩 쥐고 있지만 유엔 해군기지로 직접 들어간다는 것은 부담스러울 수밖에 없는 일이다.

장수원과 세 명의 장로가 해적들을 다독였다.

"걱정할 필요 없다. 어차피 너희들이 직접 움직이게 될 시기 쯤엔 무기가 갖추어져 있을 테니까. 그러니 우리를 잘 따라오기만 하면 되는 거야."

"알겠어."

해적 100명이 참가한 이번 작전은 청야성의 끄나풀인 함대에서 열 대의 함정을 탈취하는 것이 목표였다.

지금 참가하는 열 명이 적진 깊숙한 곳으로 침투하여 무기고를 탈취하고 그를 기반으로 추가 투입되는 인력에게 무기를 지급하게 될 것이다.

차후에 투입되는 인원은 300명으로 총 400명이 무기를 가지고 열 대의 함정을 몰게 될 것이다.

함정은 구축함 한 정, 호위함 두 정, 경비정 세 척, 고속정 네 척이다.

이 정도 규모라면 처음 시작하는 것치곤 상당한 규모라고 볼 수 있었다.

물론 이 함정에 탑승할 인원을 모집하는 것이 관건이겠지만 그것은 일단 무기를 탈취한 후에 생각해 볼 문제였다.

장수원은 해적단 중에서도 해군에서 복무해 본 경험이 있는 장교 출신 열 명을 선발하여 각 함정의 운행을 맡겼다.

그들은 최소한의 인원으로 배를 몰고 갈 수 있는 방법을 알고 있기 때문에 400명이면 충분한 인력 보충이 될 것이라고 장담하였다.

하지만 지금의 인원으론 제대로 된 전투를 치르기는 힘들기 때문에 최대한 빨리 도망치는 것이 작전의 핵심이다.

장수원이 앞장서고 그 뒤를 장로들이 따르면서 진영이 갖추어졌다.

대략 10분 후, 무리는 제1 무기고 앞에 도달하였다.

그는 뒤를 따르는 동료들에게 잠시 대기라하는 수신호를 보냈다.

이윽고 그는 무기고를 지키고 있는 초병에게로 다가갔다.

파바바밧!

가볍게 신형을 날린 그는 젓가락으로 초병의 목덜미를 찔렀다.

푸욱!

"쿨럭!"

사람 한 명이 순식간에 죽어나가자 그는 곧바로 젓가락을 집어 던져 반대편에서 다가오는 초병을 추가로 사살하였다.

휘리릭!

픽!

"꼬르르르륵."

두 명의 초병이 사망하였으니 이곳을 경계하는 병력은 임시 초소에나 있을 것이다.

그는 동료들을 불러들였다.

"이쪽으로!"

뚜벅뚜벅.

군화 소리마저 최대한 숨기고 다가온 그들의 정체를 파악할 수 있는 수단은 지금으로선 존재하지 않았다.

장수원은 장로들에게 초소를 공격하도록 지시하였다.

"장로님들께서 초소를 공격하십시오. 제가 무기고를 탈취하여 곧장 구축함으로 가겠습니다."

"알겠습니다."

이곳에 있는 구축함은 최신식 이지스함으로 미 해군에서 차출하여 가지고 온 최첨단 무기였다.

이지스함에는 몬스터 코어를 기반으로 만들어진 중앙 제어 시스템이 장착되어 있고 동력은 코어 발전으로 이뤄져 있기 때문에 연료를 보충할 필요가 없었다.

구축함 한 척을 건져서 나가는 것만으로도 해적들은 어마어마한 전력을 확보하게 되는 셈이다.

장수원은 굳게 닫혀 있는 창고의 문을 열었다.

까앙!

진기가 담긴 주먹으로 자물쇠를 부수자 대략 500평 남짓한 무기고가 그 모습을 드러냈다.

그는 해적들에게 신속하게 움직여 무기를 탈취하고 그것을 옮기도록 지시하였다.

"각자 담당한 무기들을 가지고 움직일 수 있도록."

"알겠다!"

무기고에는 컨테이너 단위로 소총, 탄약, 고폭탄 등이 잘 정돈되어 있었다.

평소 무기고를 철저히 관리한 덕분에 오히려 작전을 수행하는 데 한결 수월하였다.

"놈들이 스스로 우리를 도와준 격이군."

해적들은 50명씩 짝을 지어 초대형 대차렉의 지렛대를 컨테이너 아래에 끼우고 그것을 들어 올렸다.

끼릭, 끼릭!

"하나, 둘! 하나, 둘!"

창고에는 수많은 지게차가 주차되어 있었지만 이번 작전은 소음을 최소화하는 것이 목적이기 때문에 모든 것을 수동으로 진행해야 했다.

사람이 손으로 도수 운반을 하기엔 무리가 있는 무게였지만 50명이나 되는 인원이 장비를 사용하니 그럭저럭 옮길 만하였다.

장수원은 가장 선두에서 소총탄이 들어 있는 컨테이너를 이끌고 무리를 지휘하였다.

"창고에서 곧바로 오른쪽으로 틀어서 나가면 도크가 있을 것이다. 함정을 지키는 호위 병력은 장로님들이 알아서 처리할 테니 우리는 선체 내부에 있는 창고에 무기를 적재하면 된다. 방법은 장교 출신들이 설명할 것이다."

"알겠다."

장교 출신 해적들이 있으니 처음 보는 구축함에 들어가서도 행동하는 데 전혀 문제가 없을 것이다.

대차렉에 로프를 묶어 끌고 가는 해적들의 얼굴에 결연함이 묻어난다.

끼익, 끼익.

오로지 숨소리와 발소리만 들리는 운반 행렬은 30분을 소요하여 도크에 도착하였다.

무기를 적재하고 물자를 보급해야 하기 때문에 도크는 함정에서 그리 멀지 않은 곳에 위치해 있었다.

1차로 무기를 적재시킨 장수원은 2, 3차 운반을 종용하였다.

"수고 많았다. 하지만 최대한 많은 무기를 확보하는 것이 우리의 목표이다. 그러니 두 시간 더 작전을 진행한다."

그를 따라서 일사불란하게 움직이는 인원에게 무전이 날아들었다.

파앗!

─여기는 본대다. 작전의 진행 상황은?

"무기 탈취가 원활하게 진행 중이다. 그쪽은?"

─아무런 움직임이 없다. 이제 우리도 그곳으로 가겠다.

"알겠다."

부대 외곽에서 대기하고 있던 엔이 300명의 인원을 이끌고 기지 정문으로 들어왔다.

그들은 적재된 무기를 차곡차곡 정리하고 배가 미리 출발할 수 있도록 준비하였다.

대략 한 시간의 출발 준비가 끝나면 300명의 해적이 뿔뿔이 흩어져 나머지 함정을 탈취하는 작전을 펼칠 것이다.

그때 현재 인원 100명이 구축함을 이끌고 그들을 서포트하여 도주로를 확보하게 된다.

장수원은 장로들에게 연락을 취하였다.

"작전은 어떻게 진행되고 있습니까?"

─중요 지역을 모두 점령하고 인원을 제거하였습니다.

"그렇군요. 수고 많으셨습니다."

─이제 저희들은 퇴로를 확보하겠습니다.

"그래주십시오."

이제 남은 것은 무기를 마저 적재하고 배를 움직이는 일이다.

작전 두 시간째, 장수원은 제1 무기고를 모두. 다 털었다.

"무기고 하나를 모두 털었으니 나머지는 폭파시킨다."

"잘 알았다."

해적 중에서도 미 해군 대령으로 전역한 캐빈이 구축함의 함장과 탈취한 함대의 함대장을 맡기로 했다.

그는 사령실로 들어가 모두에게 일제히 무전을 전파하였다.

―여기는 함대본부, 모두 각자의 위치로 움직일 수 있도록. 출발 10분 전이다.

이미 기본적인 교육은 모두 끝난 상태이니 배를 움직일 준비만 끝나면 곧장 출격이 가능했다.

장수원 역시 이제부터는 케빈의 명령을 받게 될 것이다.

레이더와 광대역 무전기의 운용을 맡은 장수원은 300명의 인원에게 무전을 쳤다.

"여기는 본대, 각 제대의 상황은 어떠한가?"

―매우 양호하다. 장로들이 알아서 인원을 정리하여 배를 성공적으로 점거하였다.

장수원이 케빈에게 현재의 상황을 보고하였다.

"작전은 상당히 양호하게 진행되었다"

"좋아, 그럼 이제 고속정부터 차례대로 이곳을 빠져나간다. 다만, 장로들이 해안포를 무력화시켰을 때의 상황에만 해당된다."

적의 공격에 대비하기 위하여 장로들이 해안포와 망루를 점령하고 해당 인원을 모두 사살하게 될 것이다.

본격적인 탈주는 그때부터 이뤄진다고 볼 수 있었다.

잠시 후, 전방에서 폭음이 들려오기 시작했다.

펑, 펑, 펑!

—여기는 전방 교란조, 작전에 성공했습니다.

"잘하셨습니다. 이제 본대로 돌아와 함께 빠져나가시죠."

—잘 알겠습니다.

보법을 전개하면 1㎞의 거리를 커버하는 것쯤은 그리 큰 문제가 아니기 때문에 도주가 한결 수월해진다.

잠시 후, 교란조가 도착하자 구축함의 시동이 걸렸다.

끼리리리릭!

부르르르릉!

디젤엔진이 아니라 코어 발전으로 움직이는 함정이기 때문에 소음의 크기가 일반 함정의 100분의 1도 안 되는 상황이다.

전방 초소를 모두 제거한 상태에서 이 정도 소음이라면 아예 적들이 눈치를 채지 못하고 탈취가 끝날 수도 있었다.

삐빅, 삐빅. 소나와 광대역 레이더가 작동하여 적들의 접근을 살폈다.

"적의 접근은 없다."

"좋아, 이대로 진격하여 목표 지점까지 단숨에 이동하자고."

이지스함의 엔진은 기존의 터빈과는 비교할 수 없는 수준이기 때문에 동력 장치의 한계 역시 사라진 지 오래였다.

덩치는 일반적인 이지스함의 1.5배가량 되었지만 그 속도는 무려 열 배 이상 향상된 상태였다.

단 한 척의 이지스함이지만 이 전력을 가지면 어지간한 주 둔지는 손쉽게 파괴할 수 있을 터였다.

그야말로 속전속결로 이제 어엿한 함대가 갖추어져 해적섬 으로의 항해가 시작되었다.

*　　　*　　　*

한편, 유엔함대는 자신들의 전력이 대거 사라졌다는 상황 을 사건 발생 네 시간 만에 알아챘다.

함대의 초소는 네 시간 동안 근무를 하고 밀어내기 형식으 로 교대하기 때문에 연락이 두절되어도 눈치를 챌 수가 없었 다.

때문에 탈취가 모두 끝나고 도크가 텅텅 빌 때까지도 그들 은 아무런 낌새를 채지 못하고 있던 것이다.

사건 발생 네 시간 만에 기지에 사이렌이 울렸다.

위이이이잉!

―실제 상황! 실제 상황! 적의 침입이 감지되었다! 전 병력 은 각자의 위치로 이동할 수 있도록! 다시 한 번 반복한다!

병사들은 각자의 위치로 이동하였지만 해당 장비는 사라졌 거나 파괴되어 운용이 불가능했다.

―여기는 해안포기지! 모든 포가 현재 가동 불능이다!

"제기랄!"

함대를 지휘하는 지휘부는 당장 운용할 수 있는 무기가 전혀 없음을 한탄할 수밖에 없었다.

"도대체 이게 어떻게 된 상황인가?!"

"아무래도 놈들이 작정하고 우리 기지를 노린 것으로 사료됩니다. 그렇게밖에는 설명할 길이 없습니다."

"제기랄, 놈들의 정체는 파악이 가능한가?"

"정확하게는 파악을 할 수가 없습니다만, 아무래도 레드킵의 소행이 아닌가 싶습니다."

"레드킵?"

"근방에서 우리 함대에게 불만을 품고 있는 세력은 거의 전무합니다. 그렇게 생각하면 레드킵 말고는 딱히 생각나는 세력이 없습니다."

"흠, 하지만 놈들은 이곳에서 꽤 먼 곳에 기거하고 있지 않나?"

"그것도 확실하지가 않습니다. 그놈들은 이미 우리의 통제를 벗어났습니다. 정확한 근거지를 찾아내기가 쉽지 않지요."

"제기랄, 큰일이군."

함대의 무기가 모두 다 털린 것보다 문제가 되는 것은 그것을 사용하여 해적들이 반격을 해올 경우였다.

만약 그렇게 된다면 지금으로선 딱히 조치를 취하기가 힘들었다.

"어떻게 하는 것이 가장 좋은 방안이겠나?"

"일단 청야성에 먼저 보고하는 것이 우선이라고 여겨집니다."

"…그렇게 되면 우리 중 누군가는 목이 달아나야 한다."

"하지만 그들이 없으면 지금의 이 사태를 정리할 수 있는 수단이 없습니다. 잘 아시지 않습니까?"

"흠."

청야성은 결코 자비를 베푸는 법이 없는 냉혈한들이다. 만약 이 일이 알려진다면 수뇌부가 줄줄이 죽어나갈 수도 있었다.

하지만 적어도 그 가족은 죽이지 않을 테니 차라리 이쯤에서 이실직고를 하는 편이 나았다.

"좋아, 그럼 청야성에 도움을 요청하고 최대한 많은 전력을 투입하여 저놈들을 사로잡는다."

"예, 알겠습니다."

청야성의 전력이 이곳에 당도하면 해적들과의 해전은 거의 무의미하다 싶을 정도의 파급력이 생길 것이다.

그러니 일단 급한 불은 끈 셈이다.

"그나저나 보복이 두렵군."

"어차피 한 번은 겪어야 할 일입니다. 편하게 생각하시죠."

"뭐, 그렇긴 하지만⋯⋯."

일이야 어찌 되었든 간에 조만간 인근 바다에 피바람이 불어올 것이다.

*   *   *

배를 탈취한 레드킵의 해적들은 전투함을 운용하는 기본 지식을 숙지하고 무기를 다루는 군사 기초 훈련을 받았다.

이 훈련은 케빈을 필두로 구성된 함대의 수뇌부가 만들어 낸 교범으로 이뤄졌는데, 그 효율이 상당히 좋은 편이었다.

당장 전투가 벌어진다면 반격이 조금 어려울 수도 있었으나 이미 바다에서의 생활이 몸에 배어 있는 해적들이기에 습득력이 남달랐다.

장수원은 지금 이 전력이 전투를 통하여 경험을 쌓으면 정규군과 싸워도 충분히 승산이 있을 것이라고 생각했다.

때문에 기본 훈련만 마치면 곧바로 청야성의 끄나풀과 내통하는 해적들과의 교전을 통하여 경험을 쌓을 예정이다.

한마디로 싸우면서 배우는 다소 스파르타식의 교육이 채택된 것이다.

장수원은 엔에게 첫 번째 타깃을 정하도록 종용하였다.

"조만간 전투를 벌여 다른 해적단을 흡수해야 해. 저들이 전열을 갖추기 전에 우리가 먼저 치고 나가는 편이 훨씬 낫거든."

"하지만 그렇게 되면 벌집을 건드리는 격이 될 수도 있어."

"이미 각오한 일이야. 이대로 시간이 흘러서 저들의 유착이 강해지면 강해질수록 우리가 싸워 이길 수 있는 승산이 적어진다고."

"그렇다면 당장 출격하여 선수를 쳐야겠군."

"물론이지."

엔은 전의를 불태우는 장수원을 사랑스럽게 쳐다보았다.

"역시 매력적이야."

"갑자기 무슨 매력 타령이야? 상황을 심각하게 바라볼 수는 없나?"

"당연히 상황은 심각하게 비쳐보지. 하지만 낭신을 덮치고 싶은 나의 욕구를 주체할 수가 없어. 이건 엄연히 말해서 생리 현상이거든."

"생리 현상……."

그녀는 장수원의 손을 꼭 잡았다.

"당신이 있어서 든든해. 마치 돌아가신 아버지가 살아 오신 것 같거든."

"아버지라……."

"연배는 당연히 우리 아버지가 높지만 당신이 하는 행동은 꼭 그분을 보는 것 같아. 동료들도 그렇게 얘기해. 단장님께서 생존해 계실 때의 느낌이 나서 좋다고 말이야."

어느새 이들은 장수원을 따르며 그를 믿고 의지하고 있었던 것이다.

워낙에 거칠고 사나운 해적들이라 누군가에게 길들여지는 것이 쉽지 않았을 뿐이지, 한번 신뢰가 생기면 그것이 두터워지는 데 걸리는 시간은 그리 길지 않았다.

이들이 사납고 거친 것은 심성이 악해서가 아니라 그만큼 대단하고 치명적인 상처를 받았기 때문이다.

엔은 다음 목표로 블루섹터 해적단을 치기로 했다.

"아무튼 우리의 해적섬에서 가장 가깝고 근거지가 잘 보이는 블루섹터 해적단을 첫 번째 재물로 삼자고."

"그들의 전력은 어떤데?"

"워낙 교류가 없어서 자세한 것은 모르지만 현재의 우리와는 상대도 안 될 것이 확실해."

"좋아, 그럼 함대를 이끌고 가서 놈들을 협박하고, 투항하지 않으면 모두 정리해 버리자고."

엔은 그의 손에 입을 맞추었다.

하지만 평소의 장난스러운 표정이 아니라 아주 차분하고도 결연한 얼굴이다.

"우리를 잘 이끌어줘. 더 이상 슬퍼하는 사람이 생기지 않도록 말이야."

"모두가 행복해지기 위한 일이야. 슬퍼하는 사람이 생기면
안 되지."

그녀는 일종의 의식을 치르는 것인지 잠시 묵상을 하는 듯
한 표정에 잠겼다.

그러나 그 이후엔 역시 평소의 그녀로 되돌아왔다.

"출정 전에 진하게 한번 하는 것은 어때?"

"뭐, 뭘?"

"뭐긴, 성교지."

"성교라니? 꼭 그런 식으로 표현해야겠어?"

"섹스라는 단어를 쓰면 기겁하면서?"

"…둘 다 쓰지 마. 그리고 애초에 난 그런 것을 할 생각이
전혀 없어."

"쳇, 비싸게 구는군."

엔은 오늘도 입맛만 다실 뿐이다.

제5장
미끼

독일 프랑크푸르트의 한적한 시골 마을로 헬기 한 대가 날아든다.

휘이이잉!

저소음 프로펠러를 장착한 이 헬기에는 청야성을 상징하는 마크가 곳곳에 새겨져 있었다.

당희윤의 곁에서 조력자로 위장한 태하는 전음으로 그녀에게 청야성의 정체에 대해 물었다.

─저놈들이 확실한가?

─예, 그렇습니다. 막스가 평소에 타고 다니는 그 헬기가 확

실합니다.

태하는 아주 작게 고개를 끄덕였다.

―좋아, 저놈을 잡아서 속전속결로 일을 끝내도록 하지.

이미 지하에는 땅의 속성석 인형들이 출격 대기 상태로 잠들어 있었다. 만약 태하가 손가락 한 번만 튕겨도 일천 개가 넘는 인형이 우르르 쏟아져 나올 것이다.

잠시 후, 헬기가 바닥에 안착하였다.

헬기에선 검은색 점퍼에 야구 모자를 쓴 중년남자와 범상치 않은 기운을 가진 여자 네 명이 함께 내렸다.

태하는 그녀들의 전력이 현경의 끝자락에 있다고 판단하였다.

'일반적인 무인과는 비교도 할 수 없는 경지군.'

하지만 그렇다고 해도 지금 속성석 인형들과 일대일로 써 위서 이길 수 있을지 없을지는 장담할 수 없었다.

굳이 조력자 없이도 저들을 제압하는 것은 그리 어렵지 않았다.

그런데 그들이 헬기에서 내릴 때쯤, 저 멀리서 열 대의 승용차가 달려오고 있다.

부르르르릉!

몬스터 코어를 엔진의 동력으로 삼았는지 대형차에 속하는 덩치를 가졌음에도 불구하고 소음이 거의 없었다.

아마 저 안에는 혹시나 하는 마음에 소집해 둔 반쪽짜리 무인들이 대거 탑승해 있을 것이다.

─아예 준비를 하지 않은 것은 아닌 모양이군.

─권력의 중심에 있는 사람이다 보니 막스를 대하는 청야성의 태도 역시 남다릅니다. 저들의 실력이 보통이 아닌 것 같습니다.

태하는 실소를 흘렸다.

─그래봤자 피라미지, 뭐.

성질 같아선 당장 달려가 초토화시키고 싶었지만 혹시나 도망치는 인원이 있어선 안 되기에 그물 안으로 고기가 모두 들어오기만을 기다렸다.

태하는 그녀에게 막스를 맞이할 것을 명령하였다.

잠시 후, 그녀가 막스에게 다가갔다.

"왔군."

"어린것이 어른에게 반말을 찍찍 내뱉는 것은 여전하구나."

"사람이 어디 그리 쉽게 변하나?"

원래 독선적이고 위아래 없는 성격의 당희윤이기 때문에 자신의 아버지벌이라고 해도 절대 존대를 쓰는 법이 없었다.

그런 그녀가 태하에게 이렇게 깍듯한 태도를 보이는 것은 아마 전무후무한 일일 것이다.

그녀는 막스에게 태하를 소개하였다.

"내 정보원을 소개하지."

"정보원?"

"한국의 무림연맹에서 일하는 반태환이라는 남자다."

막스는 흥미롭게 웃었다.

"오호, 무림연맹이라?"

"반태환이라고 합니다. 화산파의 수렵단에 속해 있지요."

"얼마 전에 우리에게 패주하여 유엔기지로 숨었다는 그 화산파 말인가?"

"예, 그렇습니다."

"그렇다면 이번 작전을 성공으로 이끈 것도 바로 자네이겠군."

"부끄럽습니다."

청야성은 실리를 따지는 집단이지 의리나 정을 중요하게 생각하는 집단이 아니었다.

그는 반태환으로 위장한 태하에게 청야성의 요직을 제안했다.

"그렇다면 일개 정보원이 아니라 중요한 직책을 맡기는 것이 좋겠군."

"좋게 봐주셔서 감사합니다. 하지만 제 능력이 아직 미천하여 그런 자리는 과분합니다."

"아니야. 장치순 그자를 죽음 직전까지 내몬 것은 확실히 대단한 능력일세. 그러니 받을 자격이 충분해."

"감사합니다."

막스는 당희윤에게 조가괴협에 대해 물었다.

"그나저나 조가괴협이라는 그 괴인은 어떻게 되었나?"

"흡성대법에 당해 가죽만 남았습니다. 아마 지금쯤이면 바닷가 모래사장에 널브러져 있거나 물고기 밥이 되었을 겁니다."

"후후, 속이 다 시원하군. 그 조가괴협이라는 놈, 여간 눈에 거슬리는 놈이 아니었거든."

아마 막스는 조가괴협이 흡성대법 부대를 뚫고 살아남았을 것이라곤 전혀 상상도 하지 못할 것이다.

현재 무림연맹 내에서도 그들을 제압할 수 있는 사람은 거의 전무하였기 때문이다.

그는 태하에게 악수를 청했다.

"아무튼 반갑네. 앞으로 잘해보세."

"감사합니다."

두 사람이 손을 맞잡을 때 열 대의 차량이 도착했다.

순간, 막스가 흡성대법을 시전하여 태하의 진기를 끌어당기기 시작했다.

츠츠츠츠츠!

태하는 짐짓 당혹스러운 표정을 지었다.

"허, 허엇!"

"으음, 무공의 경지는 그리 높은 것 같지 않군. 뭐, 그런 것은 아무래도 좋아. 어차피 중요한 것은 능력이지 무공이 아니니까."

막스는 반쪽짜리 고수가 아닌 현경의 경지를 뛰어넘어 자연경에 오른 고수였다.

태하처럼 특별한 수단도 없이 자연경에 오른다는 것은 생각보다 훨씬 어려운 일이다.

만약 그런 사람이 있다면 그는 명망 높은 문파에서 폐관 수련을 끝도 없이 쌓은 사람일 가능성이 높았다.

그는 무림연맹에서 막스와 같은 인물이 있는지 곱씹어보았나.

하지만 그런 인물은 쉽사리 떠오르지 않았다,

'이놈, 뭐지? 흡성대법의 DNA를 처음 파생시킨 사람이 바로 이놈이었단 말인가?'

흡성대법은 명화방의 무공이자 일반 제자들에겐 공개되지 않은 일종의 마공이기 때문에 장로급의 실력을 갖지 않고서야 견습할 기회조차 없었다.

그렇다는 것은 이 사람이 천하랑과 비슷한 연배의 무인이거나 그보다 높은 사람일 가능성도 있었다.

일이야 어찌 되었든 간에 확실한 것은 조만간 연맹과 합세

하면 밝혀질 것이다.

태하는 고개를 들어 주변을 한 바퀴 훑어보았다.

"거의 다 모였군."

"……?"

"피라미들은 이 자리에서 바로 처리하는 편이 낫겠지?"

그가 당희윤을 바라보자 그녀는 이미 암기를 꺼내어 공격할 준비를 하고 있었다.

"물론입니다. 명령만 내리지시죠."

막스가 고개를 갸웃거렸다.

"미친놈, 혹시 당희윤과 내통하여 우리를 사로잡으려는 계획이었던가?"

"눈치가 빠르군."

그는 실소를 흘렸다.

"후후, 멍청한 놈이로군. 그게 가능할 것이라고 생각하나?"

"불가능할 것은 또 뭔가?"

"그것이 왜 불가능한지 깨닫게 해주마."

잠시 후 그가 한 족장 거리를 벌리며 호루라기를 불었다.

삐이이이이익!

그러자 공중에서 한 무리의 비행형 몬스터들이 날아들기 시작했다.

끼에에에에엑!

"몬스터? 이놈들이 몬스터 길들이는 방법을 고안해 낸 것인가?"

"그건 죽어서 저승사자에게 물어보아라!"

몬스터의 숫자는 대략 300마리 남짓이고 생김새는 태하 역시 생전 처음 보는 것들이었다.

아주 거대한 까마귀의 형태를 띠고 있었지만 그 머리와 발톱은 시조새와 매우 흡사해 보였다.

날카로운 이빨과 강한 턱, 그리고 악력이 좋아 보이는 발은 전투에 특화되어 있는 것 같았다.

그러나 저들을 상대할 수 있는 인원은 차고도 넘쳤다.

따악!

태하가 손가락을 튕기자 지하에서 대기하고 있던 일천 개의 인형이 하늘 높이 튀어 올랐다.

현무구결을 자유자재로 사용하는 인령진은 한 무더기로 모여 있는 몬스터들을 각자 잡고 유술을 펼쳤다.

휘리리리릭!

현무구결의 무공들이 작렬하여 몬스터들을 아주 손쉽게 찢어 죽였다.

촤라라락!

있는 그대로의 악력에 무공이 더해져 몬스터들의 목이 뽑혀 척수까지 대롱대롱 매달려 흔들리는 광경들이 연출되었다.

막스가 경악에 찬 눈으로 태하를 바라보았다.

"이, 이놈……?!"

"그럼 이제 네놈도 한번 제대로 꺾어볼까?"

태하는 그의 뒤로 신형을 흘려 허리를 두 팔로 감싸 안는 데 성공하였다.

턱!

"허, 허억!"

"걱정하지 마라. 지금 당장 죽이지는 않을 테니."

무선의 경지에 오른 태하의 공력이 100분의 1 정도 발동하여 현무천둥치기를 시전하였다.

"흐업!"

우우우우웅!

일렁이는 검은 구름이 태하의 곁으로 모여들더니 이내 거대한 지진을 만들어냈다.

쿠르르르르르릉!

태하는 공력을 하나로 갈무리하여 몸을 뒤로 꺾어버렸다.

"으라차차!"

그러자 새까만 진기가 막스의 머리를 감싸면서 엄청난 충격을 전해주었다.

콰아아앙!

"꼬르르륵."

단 일격에 제압당한 막스가 정신을 잃을 무렵, 반쪽짜리 무인들 역시 인령진에게 제압당하여 신나게 매질을 당하고 있었다.

퍽퍽퍽퍽!

"크허어억!"

"마구 쳐라! 놈들이 정신을 놓고 미친놈이 될 때까지 매우 친다!"

인령진은 땅의 기운이 서린 몽둥이로 청야성의 졸개들을 미친 듯이 두들겨 패 난장판을 만들었다.

*   *   *

정보시장에 TMS 리모컨이 프랑스에서 최동 서래되었다는 소문이 떠돌기 시작했다.

이 정보는 노스트룩스 정보단장 로이에게 직접 전달되었으나 이 소문을 전해 들은 사람은 꽤 많았다.

미국은 물론이고 영국, 중국, 일본, 한국, 러시아 등, 어지간한 나라의 정보 단체는 이 사실에 대해 이미 인지하고 있었던 것이다.

가장 억울한 미국은 제일 먼저 이 기술력을 취득하기 위해 나섰지만 일이 그리 쉽게 풀릴 것 같지는 않았다.

특히나 러시아, 중국은 가장 큰 위협이자 라이벌인 미국을 제압하고 스스로가 세계의 질서를 확립하기를 바라고 있었다.

더군다나 자국의 이익 증진에 결정적인 역할을 하게 될 TMS 리모컨의 획득은 어떻게든 완수해야 할 문제였다.

가장 먼저 독일을 찾아온 사람들은 노스트룩스였다.

정보단장 로이는 지부의 일원이 바로 삼 일 전에 취득한 정보를 바탕으로 조사를 벌여 파리에서 사건이 벌어졌음을 감지하였다.

그는 프랑스 국립은행의 계좌를 통하여 돈이 오갔고, 그 돈이 현금으로 인출되어 사라졌다는 정황을 손에 쥐고 있었다.

로이는 정보부단장 에네스에게 돈의 주인에 대해 물었다.

"그놈이 어디 출신이라고?"

"독일 출신의 정보 장사꾼이랍니다. 놈이 무슨 수완을 부렸는지 모르겠습니다만, 이미 그 데모 파일이 정보 장사꾼들에게 널리 퍼진 상태입니다. 잘못하면 피라미들이 자꾸 모여들어 일이 복잡해질 수도 있겠습니다."

"그렇다면 놈은 오로지 돈을 목적으로 지금의 장사를 하고 있단 말이 되겠군."

"예, 그렇습니다."

특별한 목적이 있지 않고 오로지 돈을 목적으로 삼는 사람은 오히려 꿰어내기가 쉬워서 매수의 성공 확률이 높아진다.

로이는 에네스에게 십억 단위의 달러화를 확보할 수 있도록 명령하였다.

"성에 달러의 동원을 요청하라. 아마 오늘 내일이면 꽤 많은 재화가 확보될 것이다."

"예, 알겠습니다."

이 세상에 돈 좋아하는 사람은 많지만 이렇게까지 목숨을 걸고 배팅하는 사람은 그리 흔치 않았다.

상대방이 배짱이 두둑한 사람이라고 짐작하는 로이였다.

"놈을 협박하거나 회유하는 것은 불가능하다. 무조건 협상으로 얘기를 끌고 나가야 유리해."

"명심하겠습니다."

잠시 후, 에네스가 포착한 거래 장소인 피리이 머물린 술집 작은 요정에 도착하였다.

이미 작은 요정에는 꽤 많은 사람들이 모여 술판을 벌이고 있었다.

다소 이른 시간인데도 불구하고 이렇게 사람이 많다는 것은 그들이 노리는 바가 거의 다 비슷하다는 소리였다.

"언제 이렇게 많은 날파리가 꼬였지?"

"아무래도 저놈들 역시 우리처럼 냄새를 맡고 아예 작정을 한 모양입니다."

"빌어먹을. 일이 쉽지 않을 것이라곤 예상했지만 이렇게나 많은 인원이 모여들 줄은 미처 몰랐어."

로이는 술집의 종업원으로 보이는 남자를 불렀다.

"여기 주문 좀 합시다."

"예, 손님. 어떤 것을 주문하시겠습니까?"

"마티니 두 잔, 그리고 먹을 만한 안주거리 좀 주시지요."

"안주는 카나페와 치즈스틱이 있습니다."

"모두 주세요."

"잠시만 기다려 주십시오."

곧바로 돌아서는 종업원에게 로이가 물었다.

"그나저나 이곳의 주인장은 어디에 가셨습니까?"

"사장님이요? 오스트리아로 여행을 떠나셨다고 들었습니다."

"오스트리아?"

"빈에 지인이 있다고 하던데, 자세한 것은 저도 잘 모르겠습니다."

순간 로이가 고개를 돌렸다.

"이봐, 어떻게 된 거야?"

"이상하군요. 분명 365일 가게에 붙어 있는 사람이라고 했는데 말입니다."

"으음."

이곳에서 술을 퍼마시고 있는 저 사람들 역시 주인장이 여행에서 돌아오기만을 간절히 기다리고 있는 것 같았다.

두 사람 역시 그들과 별반 다를 것이 없었다.

"뾰족한 수가 없군. 빈으로 요원을 파견하고 우리는 이곳에서 놈이 나타날 때까지 기다린다."

"하지만 저렇게 많은 인원을 뚫고 우리가 놈을 만날 수나 있을까요?"

"만약 실패한다면 유혈 사태까지 생각해야지."

이미 프랑스 전역에 퍼져 있던 노스트룩스 히트맨들을 소집해 둔 상태이기 때문에 만약 싸움이 벌어진다고 해도 승산은 충분했다.

이제 남은 것은 얼마나 인내심 있게 행동하느냐는 것이다.

그러나 술집에서의 신경전은 벌써 팽팽한 긴장감을 조성하고 있었다.

푸른색 눈동자에 갈색 머리를 가진 청년이 다가와 그들에게 말을 걸었다.

"옆에 앉아도 됩니까?"

"남는 테이블이 꽤 많습니다만?"

"보시다시피 빈 테이블 주변에는 위험한 사람들이 많습니다. 그나마 이곳은 좀 안전할 것 같아서 온 겁니다."

"우리가 위험한지 아닌지 어떻게 압니까?"

"그냥 감이죠. 이 바닥에서 감이 떨어지면 어떻게 살아남겠습니까? 안 그래요?"

그는 자신이 정보국에 있다는 것을 아예 대놓고 피력하고 있었다.

아마도 이곳에서 정체를 숨겨 영양가가 있을 것 같지 않으니 지금처럼 행동하는 것 같았다.

로이는 종업원을 불렀다.

"여기, 같은 것 한 잔 더!"

"네, 알겠습니다!"

청년은 잡티 하나 없는 피부에 꽤나 준수한 외모를 가지고 있었는데, 웃을 때 마치 여인의 얼굴을 보는 것 같은 착각이 들게 만들었다.

아마 거리로 나가면 여자들이 좋다고 난리를 칠 것이 분명했다.

"정보국에서도 꽤 잘나가겠군요."

"뭐, 그렇긴 합니다. 얼굴이 잘나면 쓸모가 많으니까요."

"어디서 왔습니까?"

"후후, 피차 알 것 다 아는 사이에 출신 성분은 묻지 맙시다. 나중에 어떻게 될 줄 알고."

"뭐, 그건 그렇지."

어차피 이곳에 있는 사람들이 전부 경쟁자인 것은 분명한 사실이니 굳이 통성명을 하여 관계를 복잡하게 만들지 않겠다는 의지가 엿보였다.

이윽고 그에게 잔이 배달되었다.

"그럼 한잔할까요?"

"그럽시다."

세 사람이 잔을 부딪치는데 주변에 있는 여자 네 명이 다가왔다.

"분위기 좋은데요? 저희들도 좀 낄 수 있을까요?"

"하하, 미녀들이 많으면 좋지."

러시아의 에메랄드빛 눈동자와 중국의 검은색 눈동자를 가진 네 명의 여자는 아마 유라시아에서 온 것으로 보였다.

그녀들은 아주 친숙하게 잔을 들어 올렸다.

"한잔 더 해요."

"그럽시다."

이제는 일곱 명이 된 그들은 출신 성분은 제외하고 통성명을 했다.

"우리는 율리아, 마오, 헬레나, 빙빙이라고 해요."

"난 미카엘."

"로이, 에네스입니다."

간단하게 통성명을 하고 나니 조금은 경직되었던 분위기가 풀어지는 것 같았다.

하지만 여전히 그들은 언제 목숨을 앗아가도 이상할 것이 없는 경쟁자들이다.

"TMS 때문에 오셨죠?"

"아예 다 오픈하는군요."

"뭐 어때요? 어차피 다 알고 온 거잖아요?"

이곳에 모인 사람만 무려 50명이 넘으니 내숭을 떠는 것이 오히려 이상하게 느껴질 정도였다.

로이는 그녀들에게 술집 주인에 대해 물었다.

"이 사람에 대해서 좀 알아요?"

"몇 번 봤어요. 이곳에서 항상 정보를 사고팔고 있었죠. 그는 아무리 돈을 많이 준다고 해도 결코 TMS를 넘길 위인이 아니에요. 정보가 곧 재산이니 그에 걸맞은 물건을 가지고 와야겠지요."

"그렇다면 TMS와 비슷한 가치를 가진 정보를 가지고 와야 한단 말입니까?"

"물론이죠."

그녀들의 얘기가 사실이라면 지금 이 테이블에서 몇 마디만 터뜨려도 전 세계가 들썩거릴 수 있다는 소리이다.

그런 소리를 아무렇지도 않게 할 수 있는 것은 아마 그녀들의 배짱이 남다르다는 소리일 것이다.

'쉽지 않은 여자들이로군.'

정보를 거래하는 데 있어서 목숨이 위태로운 경우는 꽤 많기에 기세가 좋은 쪽이 승리할 가능성이 높다.

그녀들은 이곳에 있는 어지간한 남자보다 훨씬 자질이 뛰어난 것 같았다.

몇 마디 얘기를 나누니 저절로 긴장이 밀려드는 로이와 에네스다.

잠시 후, 술집의 문이 열리며 한 남자가 들어섰다.

그는 온몸에 보호구를 차고 있었는데 얼굴이 보이지 않는 헬멧까지 쓰고 있었다.

헬멧을 쓴 그가 USB를 꺼내 들었다.

"이것을 기다린 사람들이 많다고 들었습니다."

"허, 허억!"

순간, 50명이 넘는 사람들이 일제히 권총을 꺼내어 서로를 겨누었다.

철컥!

"꼼짝 마! 숨도 크게 쉬지 마! 쏠 것이다!"

"네놈의 머리도 안전하지는 않다!"

그는 고개를 가로저었다.

"으음, 그렇게 싸우면 이 USB는 폐기됩니다. 다들 앉아요."

로이는 가만히 앉아서 상황이 돌아가는 판을 진득하게 살폈다.

헬멧을 쓴 남자는 바로 TMS 리모컨을 쥐고 있는 술집의 주인이 분명해 보였다.

"위크, 저놈이 바로 이 술집의 주인이에요."

"으음, 그렇군요."

"그런데 평소엔 저렇게 몸을 꽁꽁 싸매고 있지 않는데 어쩐 일일까요?"

"아마 총을 맞아 죽을 수도 있겠다 싶은 것 아닙니까?"

"정보 장사꾼이 겨우 그런 것을 걱정한다고요? 그래 가지고 어떻게 장사를 하겠어요?"

"하긴, 그건 그렇군요."

잠시 후, 위크는 USB를 머리 높은 곳까지 들어 올렸다.

"자, 그럼 이것을 두고 경매를 시작하겠습니다."

"경매?"

"자신이 가진 정보가 얼마나 대단한 것인지 어필하여 저를 설득하면 물건을 넘기는 것으로 하지요."

이곳까지 오는 데 돈만 챙겨서 왔을 리가 없는 그들은 저마다 하나씩 파일을 꺼내 들었다.

가장 먼저 배팅한 사람은 일본에서 온 정보원이었다.

"유엔 수뇌부를 갈아치울 수 있는 스캔들입니다."

"수뇌부라……."

"아마 보시면 깜짝 놀랄 겁니다."

"음, 약해요. 다른 것은?"

일본을 시작으로 차례대로 손을 드는 행렬이 물결처럼 일어났다.

"히틀러의 비밀 창고에 대한 건입니다."

"일천 년 전 침몰한 보물선의 위치입니다. 정밀 탐사의 정보까지 다 들어 있죠."

하나하나 정보가 공개될 때마다 약간의 놀람은 있었지만 아직까지 그의 구미를 확 잡아당기는 것은 없었다.

잠시 후, 중국에서 온 마오가 손을 번쩍 들었다.

"전 세계 수십 국에 끄나풀을 두고 있는 최대의 흑막 청야성에 관한 정보입니다."

순간, 모든 정보원의 눈동자가 그녀를 향했다.

청야성에 관한 정보는 조금씩 가지고 있었지만 그 흑막을 가려내는 제대로 된 정보는 별로 없었기 때문이다.

로이는 그녀의 자신만만한 표정에서 진심을 느꼈다.

'진짜인가? 우리 정체에 대한 정보가 그녀에게 있다는 것인가?'

'하지만 그래봤자 별것 아닐 겁니다.'

이어서 그녀의 동료인 빙빙이 또 하나의 파일을 꺼내 들었다.

"청야성의 하부 조직인 노스트룩스에 대한 파일입니다. 이것도 드리지요."

순간, 로이가 화들짝 놀라 그녀를 쳐다보았다.

씨익.

그녀가 웃었다.

'애초에 우리의 정체를 알고 있었다는 뜻인가?'

도대체 어떻게 로이의 정체를 알아낸 것인지는 몰라도 지금 그녀들의 행동은 결코 간과해선 안 될 일이었다.

그는 스마트워치를 통하여 히트맨들을 소집시켰다.

툭, 툭툭, 툭.

스마트워치를 일정한 간격으로 두드리면 히트맨들이 한꺼번에 들이닥치기로 되어 있었다.

하지만 그가 예상하지 못한 일이 벌어졌다.

지이이잉!

그의 손목에 위치하고 있던 시계의 스크린에 문자메시지가 출력되었다.

피하세요.

"……?"

바로 그때였다.

두두두두두!

사방에서 총알이 날아들어 술집을 초토화시키기 시작했다.

퍼어억!

"크흐윽!"

"이런 빌어먹을!"

모두 엄폐물을 찾아 숨기 바빴지만 그곳에서 마주친 사람들 역시 적이었다.

그들은 국가와 국가로 나뉘어 서로를 때려눕히기 바빴다.

퍼억!

"으으윽!"

"이놈을 잡아!"

"어림도 없는 소리다!"

사방에서 난전이 펼쳐져 그야말로 아수라장이 따로 없었다.

로이와 에네스는 이곳을 떠나는 것이 상책이라고 생각하였다.

"나가지!"

"예!"

그러나 그런 그들을 곱게 보내줄 리가 없는 정보원들이다.

철컥!

"움직이지 마라! 노스트룩스, 드디어 잡았군!"

"이것들이 애초에 우리를 노리고 있던 것인가?!"

"후후, 일석이조라고나 할까?"

그녀들이 일제히 총을 겨누었지만 순순히 총에 맞을 로이가 아니었다.

그는 품속에 잘 갈무리해 둔 대검을 꺼내 들었다.

스릉!

로이는 그녀들이 총을 쏘는 타이밍에 맞춰 몸을 낮게 깔았다.

타앙!

찰나의 순간에 피해낸 총알을 뒤로한 채 로이가 대검을 뻗어 마오의 목덜미를 그었다.

푸하아아아아악!

그는 곧바로 율리아의 복부에 칼을 들이밀었다.

하지만 그녀는 이미 대비를 하고 있었기 때문에 쉽사리 당하지 않았다.

"손이 빠르군요! 하지만 그 정도론 어림도 없어요!"

그녀가 권총을 쏴 로이의 팔목을 맞추었다.

타앙!

"으으윽!"

천만다행으로 손목뼈를 스치고 지나갔으나 그 통증은 무시할 수 없는 수준이었다.

로이는 이곳에서 살아 나가기가 힘들 것이라고 생각했다.

'제기랄, 시기가 좋지 않군.'

사방에서 쏟아지는 총알을 배경 삼아 한바탕 전쟁이 계속

되었다.

*   *   *

블루섹터 해적단의 소굴 앞으로 레드킵의 함대가 출격하였다.

솨아아아아!

흔들리는 파도를 타고 부유하고 있던 구축함으로 블루섹터의 무전이 날아들었다.

─정규군인가? 무슨 일로 이곳까지 왔나?

"정규군은 무슨, 너희들을 쓸어버리기 위해 온 레드킵이시다."

─…뭐라?

엔은 함포 사격을 명령하였다.

"놈들에게 뜨거운 맛을 한번 보여줘. 너무 세게 때리지는 말고."

"예, 알겠습니다."

그녀의 명령에 따라서 구축함을 비롯한 모든 함대가 일제히 함포를 쏘았다.

콰아앙!

단 일격이었으나 블루섹터의 망루 네 개가 날려가고 구식

해안포가 모두 전멸하였다.

　그들은 그제야 사태의 심각성을 느낀 것 같았다.

　―이런 미친……!

　"이놈들, 잘도 연맹을 배신하고 정규군에게 붙었겠다? 오늘 아주 물고를 내주마!"

　―원하는 것이 뭐냐?! 원하는 것이 있으니 이러는 것 아닌가?

　"원하는 것? 간단하다. 무기를 버리고 투항하라. 그리고 우리 연맹에 다시 가입하는 것이다. 이것이 우리의 조건이다."

　―연맹은 이미 깨졌다. 그런데 무슨 연맹에 다시 가입하라는 건가?

　"우리가 연맹을 다시 부활시킬 것이다. 그러니 너희들은 그 뒤를 따라서 힘을 보태기만 하면 된다."

　블루섹터의 해적들도 바보가 아니기 때문에 지금의 전투가 자신들에게 불리하다는 것을 너무나도 잘 알고 있었다.

　그러나 무작정 연맹에 가입하겠다고 나설 놈들은 또 아니기에 적당한 합의가 필요했다.

　―좋아, 그렇다면 조건을 제시하겠다. 그것을 수용해 준다면 기꺼이 합류하겠다.

　"조건이라……. 말하라."

　―일단 연맹에 가입하더라도 우리의 주권을 존중해 주었으

면 한다. 그리고 상호불가침조약을 다시 채결했으면 한다.

"물론이다. 우리 연맹은 예전처럼 다시 교류하고 거래하면서 공존해 나갈 것이다."

—좋아, 그렇다면 연맹에 가입하는 조건으로 얼마를 줄 것인지도 밝혀라.

엔은 아주 간단하게 그의 의견을 묵살시켰다.

"목숨만은 살려주마. 그게 조건이다."

—…돈 한 푼 없이 우리를 자기편으로 만들겠다는 소리인가?

"죽고 싶다면 마음대로 해라. 굳이 반항하겠다면 말리지는 않겠다. 그렇지만 죽은 후엔 아무것도 소용없이."

—빌어먹을, 제대로 코가 꿰었군.

"선택해라 죽음이냐, 투항이냐?"

그들은 어쩔 수 없이 레드킵에게 붙는 선택을 했다.

—얼굴을 보고 얘기하자. 조건을 수용하겠다.

"그래, 그래야지. 우리의 함대로 직접 와서 얼굴을 비춰라."

—알겠다.

레드킵은 첫 번째 전투를 무혈로 끝냈다.

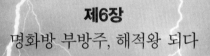

제6장
명화방 부방주, 해적왕 되다

유엔군 파견함대에서 수술을 받은 장치순은 회복기를 가졌다.

그러나 그가 안정을 취하기엔 주변의 상황이 너무 좋지 않았다.

해적들이 쳐들어와 함대를 탈취하고 무기까지 죄다 털어서 도망쳤기 때문이다.

이렇게 흉흉한 분위기에서 지낼 수 있는 사람은 그리 많지 않을 것이다.

장치순은 사제들에게 현재의 상황에 대해 물었다.

"지금 밖은 어떤가?"

"아주 난리입니다. 해적들을 토벌하는 추가 함대 파견이 있을 것이라고 합니다."

"으음, 그렇군."

"그나저나 김태하 군은 어찌 되었을까요? 지금쯤 돌아와야 정상 아닙니까?"

"아마 뭔가 사정이 있는 것이겠지."

잠시 후, 병실 창문에서 인기척이 느껴졌다.

똑똑.

무심코 고개를 돌린 장치순의 눈에 천하랑이 보인다.

"천 장로님?!"

"허, 허어, 어떻게 이곳까지……?"

재빨리 창문이 열리고 천하랑이 그곳을 통하여 병실 안으로 들어왔다.

그는 장치순과 그 사제들에게 포권을 취하였다.

"오랜만입니다. 몸은 좀 어떠십니까?"

"많이 괜찮아졌습니다. 그나저나 장로님께서 이곳까진 어쩐 일이십니까?"

"태하의 전언을 직접 전달하기 위해서 온 겁니다."

"김태하 군의 전언 말입니까?"

"예, 그렇습니다. 지금 당희윤을 사로잡고 청야성 부성주의 신변까지 접수했답니다."

"부성주!"

"지금 놈을 잡아 심문 중에 있으니 본격적인 활동을 재개하자고 했습니다."

청야성의 주축이라 할 수 있는 인물을 잡았다는 것은 크나큰 공적이 아닐 수 없다.

이것은 무림연맹 최대의 쾌거이며 앞으로 연맹이 나아갈 방향을 제시한 중차대한 사안이다.

"일단 장문께서 이곳을 빠져나가 연맹으로 안전하게 이동하신 이후에 행동하시지요. 장문님을 수행하기 위하여 개방과 명화자객단의 일원이 이곳으로 오고 있습니다. 그들과 합류하여 한국으로 가시지요."

"알겠습니다."

천하랑이 태하의 전언을 전하고 있을 무렵 그의 핸드폰이 울렸다.

따르르르릉!

명화자객단주

무전기를 가지고 작전을 수행 중에 있을 그녀가 어째서 전화를 한 것인지 천하랑은 고개를 갸웃거렸다.

"그래, 날세."

―부방주님, 큰일입니다. 유엔군 함대에서 우리 헬기편대의

방문을 거절했습니다. 착륙장을 폐쇄하고 한 발자국만 더 움직이면 발포하겠다고 엄포를 놓고 있습니다.

"뭐라? 유엔이 우리 무림연맹을 공격하겠다고 선언했단 말인가?"

―뭔가 좀 이상합니다. 유엔군은 우리 연맹과 밀접한 관계를 맺고 있는데다 그 수장들은 엄밀히 말해 우리 연맹에 들어와 있는 상태입니다. 그런데 발포라니요. 있을 수도 없습니다.

"한마디로 아군을 공격하겠다는……."

바로 그때였다.

쿵쿵쿵!

"유엔군입니다! 잠시 문을 열어주시지요!"

천하랑은 장치순과 장로들에게 일이 꼬였음을 알렸다.

"아무래도 이곳에 끄나풀이 있는 것 같습니다. 만약 그게 아니라면 이곳 자체가 끄나풀의 소굴일 수도 있고요."

"그, 그런 일이……?"

"현재 우리 헬기편대의 착륙을 거부하고 발포하겠다고 협박까지 하고 있답니다. 아무래도 이곳에 오래 있다간 좋은 꼴을 못 볼 것이 분명합니다."

"그럼 어쩝니까?"

"일단 이곳을 빠져나가 아군과 합류하는 것이 급선무입니다."

"그러나 아직 대사형께선 안정을 취하셔야 합니다. 잘못하면 상처가 덧날 수도 있단 말입니다."

"음."

장치순은 고개를 저었다.

"만약 내가 짐이 된다면 버리고 가는 것이 맞아. 한 사람 때문에 여러 사람이 죽는다면 그게 얼마나 비효율적인 일인가?"

"하, 하지만 사형!"

천하랑은 장치순의 의견을 받아들이지 않았다.

"오늘 이곳에 두고 가는 사람은 아무도 없습니다. 제가 그렇게 만들겠습니다."

"방법이 있겠습니까?"

그는 자신이 방금 전에 타고 넘어온 창문을 가리켰다.

"창문 아래에 주자창이 있습니다. 그 주차장에 군용 차량이 가득하니 그곳까지만 간다면 충분히 승산이 있어요."

"하지만 이곳은 5층입니다만?"

"장문께서는 편찮으시지만 장로님들은 멀쩡하지 않으십니까?"

"뭐, 그건 그렇지요."

"그럼 뭐가 문제입니까? 모두 힘을 합쳐 탈출합시다. 장로님들께서 장문을 부축하여 경공을 펼칠 동안 제가 이곳에서 최대한 버텨보겠습니다."

현재로선 그 방법이 유일하니 천하랑을 따를 수밖에 없는
장로들이다.

그들은 결연히 의지를 다졌다.

"좋습니다. 장로님을 따르지요."

"고맙습니다."

장로들은 침대 매트리스의 끝을 시트로 꽉 묶은 후 그것을
어깨에 질끈 동여맸다.

이제 창문을 열고 뛰어내리기만 하면 작전은 시작된다.

"그럼 출발하겠습니다."

"최대한 넓은 밤탁차를 선택하십시오. 그래야 빠져나가기가
수월할 겁니다."

"알겠습니다, 내려가서 차를 확보하면 비상점멸등을 켜놓겠
습니다. 그곳으로 뛰어내리시면 됩니다."

"그리하겠습니다."

장최순이 장력을 불어넣어 창문을 깨뜨렸다.

퍼엉!

그의 손이 닿은 창문이 산산조각 나면서 여러 사람이 통과
할 수 있는 공간이 확보되었다.

쨍그랑!

장형순과 장필순이 남은 유리조각을 마저 정리한 후 먼저

턱에 발을 디뎠다.

휘이이잉!

바람이 불어오는 방향을 잘 살핀 후 장형순과 장필순이 건물 외벽에 발을 붙인 채로 경공을 펼쳤다.

"자, 출발합니다!"

스스스스!

신묘한 보법이 펼쳐지며 그들의 신형을 미끄러지듯이 밀어냈다.

장최순은 후미에 서서 방향을 조정해 주었다.

"왼쪽을 조심해라! 최대한 중앙을 타고 내려가는 것이 중요하다!"

"예, 사형!"

천하랑은 화산파의 5대 장로가 장문을 이끌고 내려가는 것을 확인한 후에야 병실의 문을 열었다.

철컥!

단단한 철문에 가로막혀 있던 병실이 개방되면서 중무장한 청야성의 끄나풀들이 신속하게 쏟아져 들어왔다.

그들은 아예 사람을 잡기로 작정한 모양인지 전기 충격기에 마취총까지 대동하고 나섰다.

천하랑은 혀를 찼다.

"허 참, 아군을 이렇게 포박하는 법도 있던가? 자네들의 상관도 이 사실에 대해서 알고 있는 것인가?"

"그런 자세한 사안까지 보고해야 할 의무는 없습니다. 순순
히 따라나서시지요."

"후후, 자네들이 뭔가 착각하고 있는 모양인데 나는 무인이
야. 평생 투쟁과 살육 속에서 살아왔단 말이지. 나에게 이런
위기가 한두 번 찾아왔겠나?"

"무슨 말인지 잘 알았습니다. 투항할 의사가 전혀 없다는
말씀이시지요?"

"물론일세."

"그럼 어쩔 수 없지요."

끄나풀 부대가 소총을 마구 쏘아 천하랑을 제압하려 들었
다.

두두두두두!

천하랑은 장을 뻗어 자신에게로 날아드는 탄환들을 튕겨냈
다.

"천권신장!"

스스스스!

붉은색 장력을 뻗어낸 천하랑은 이내 그것을 반월 모양으
로 다듬어 적들에게 날려 보냈다.

촤라라라락!

반월의 진기가 적들에게 날아가면서 탄환을 튕겨내고 전방

으로 쇄도해 들어오려는 의지를 미연에 차단하였다.

서걱!

"크허어억!"

"이런 제기랄, 역시 쉽지 않은 상대로군!"

"모르긴 해도 오늘 자네들 중 절반은 나에게 죽어 나자빠질 걸세. 각오하는 것이 좋아."

평소의 천하랑이라면 뭣 모르고 달려드는 풋내기들을 적당히 만져주고 돌아섰을 테지만 오늘은 얘기가 달랐다.

그는 오늘 살생을 하는 데 있어서 손속에 사정을 둘 전혀 생각이 없었다.

천하랑은 이내 검을 뽑아 들었다.

스릉!

"자, 그럼 오늘 제대로 한번 판을 벌여볼까?"

검을 뽑은 천하랑의 위용에 적지 않게 당황한 병사들이 뒤로 한 발자국씩 물러나며 후퇴할 준비를 했다.

그때 마침 천하랑에게로 전음이 날아들었다.

─장로님, 내려오시지요. 차량을 점거했습니다.

"으음, 타이밍이 좋지 않군. 제대로 판을 벌이긴 힘들겠는걸."

"......?"

"자, 그럼 잘 있으시게나."

천하랑은 상단전의 진기를 골고루 퍼뜨려 자신의 온몸을 뒤덮도록 만들었다.

우우우우우웅!

병사들은 뭔가 심상치 않은 일이 벌어질 것이라고 짐작했다.

"제, 제기랄!"

대략 일 초간 모여든 천하랑의 진기가 폭발하며 밝은 빛을 뿜어냈다.

끼이이이잉!

"으으으윽!"

"제기랄! 눈이 멀 것 같아!"

천하랑은 그 틈을 타서 창문 밖으로 신형을 날렸다.

파바바바밧!

부드럽게 보법을 진행시킨 천하랑은 비상점멸등이 켜진 최신형 장갑차 지붕에 안착하였다.

쿠웅!

"도착했습니다!"

"자, 그럼 출발합니다!"

운전석에 앉은 장필순이 장갑차를 전속력으로 몰자, 사방에서 병사들이 쏟아져 나오기 시작했다.

위이이이잉!

"탈주한다! 잡아라!"

"예!"

천하랑은 즉시 해치 안으로 들어가 수송 칸에 몸을 실었다.

핑핑핑!

몬스터의 가죽과 뼈로 만들어진 차량은 탄환으로는 절대 뚫을 수도 없고 그 마력은 거의 탱크와 맞먹을 정도로 힘찼다.

평소 그렇게 조용하고 차분하던 장필순은 운전대를 잡자마자 사람이 바뀌었다.

전속력으로 가속 페달을 밟은 장필순은 자신을 가로막는 모든 것을 치고 지나갔다.

부아아아앙!

장필순은 수많은 바리게이트를 그대로 들이받으며 질주하였다.

콰아앙!

"으윽! 자네, 운전 좀 살살 할 수 없겠나?"

"으하하! 뭘 이 정도 가지고 그러십니까? 대사형만 괜찮으시다면 조금 더 거칠게 몰 수도 있습니다."

"하여간……."

사형제들이 티격태격하는 것을 보니 일단 위기는 넘긴 것 같았다.

천하랑은 명화자객단에게 연락을 취했다.

"현재 위치가 어떻게 되는가?"

—건물에서 약 4km 떨어진 곳입니다. 작전지도에 브라보 원이라고 표시되어 있을 것입니다.

작전을 실시하기에 앞서 작전지도를 만든 천하랑은 헬기의 원 집결지인 브라보 원의 위치를 장필순에게 알려주었다.

"이곳입니다. 찾아가실 수 있겠습니까?"

"지형지물의 위치로 미뤄 보아 이곳에서 그리 멀지 않은 곳에 있는 것 같군요. 찾아갈 수 있습니다."

"좋습니다. 그럼 그곳에서 헬기를 타고 곧장 한국으로 돌아가는 누선을 밟도록 합시다."

천하랑은 개방과 명화자객단에게 호위를 맡기기로 했다.

"이곳에 하산파이 장문이 게 있다. 지금 환부가 너무 크고 넓으니 무리를 하면 병환이 깊어질 수도 있다. 그러니 개방과 명화자객단에서 호위를 해줄 수 있으면 좋겠군."

—개방의 장로 최필태입니다. 지금 당장 병력을 이끌고 가겠습니다.

"고맙습니다."

잠시 후, 개방의 장로 최필태가 개방의 제자들과 명화자객단 인원을 이끌고 달려오기 시작했다.

파바바밧!

일렬로 길게 늘어선 채 달려오는 그들의 위용은 화산파의 장로들이 보기에도 무척이나 든든해 보였다.

"마치 천군만마를 얻은 것 같군요."

"이제 뒤는 저들이 알아서 처리할 것입니다. 그러니 우리는 안전하게 헬기를 타는 데 집중하면 될 겁니다."

원래의 목적대로 유엔군의 호위를 받지는 못했지만 이들 전체가 끄나풀이라는 것을 알아냈으니 오히려 성과가 더 좋다고 볼 수도 있었다.

*   *   *

동북아시아의 중앙 지역이라 볼 수 있는 대한민국에서도 그 중심에 자리 잡고 있는 대전에 무림연맹의 총본부가 들어섰다.

지금은 과거 대한민국 육군의 탄약사령부가 있던 낡은 건물을 그대로 사용하고 있지만 조만간 사정이 나아지면 새로 건물을 지어서 구색을 갖출 예정이다.

하나 이렇게 오래된 건물이지만 갖출 것은 다 갖추고 있어 당장 사용하는 데 불편함은 없었다.

무림연맹 총본부 지하 취조실에 청야성의 부성주인 막스가 감금되어 있다.

차락!

"쿨럭쿨럭!"

벌써 나흘째 잠을 자지 못한 막스는 틈만 나면 고개를 숙이고 쪽잠을 청하려 하였다.

그렇지만 그런 막스의 꼼수를 간파하지 못할 리가 없는 무림연맹이다.

명화자객단의 고문 기술자들과 개방의 장로 이명수가 막스의 심문을 담당하였다.

이명수는 얼음이 섞인 물을 뿌려 잠들려는 그를 깨웠다.

"어디서 고개를 숙이나? 아직 질문에 답하지 않았다."

"…그냥 죽여라."

"끝까지 이렇게 나오시겠다?"

나흘 동안 별의별 고문을 다 해봤지만 역시 청야성의 부성주는 어지간해선 입을 열 생각이 없는 것 같았다.

차라리 이곳에서 맞아 죽으면 죽었지 자신의 조직을 배반할 수는 없었던 것이다.

"그래도 조직의 우두머리라고 입이 무겁긴 하군."

"그걸 잘 아는 사람들이 이렇게 고문을 하나? 더 이상 수고스럽게 난리 피우지 말고 어서 죽여라. 그럼 최소한 청야성에게 압박을 가할 수는 있을 것 아닌가?"

"우리가 압박이나 가하자고 네놈을 잡아들였다고 생각하나?"

"후후, 나를 활용할 방법을 알려줘도 싫다고 난리군. 좋아, 그럼 그냥 죽여라."

이명수는 고개를 가로저었다.

"흐음, 정말 어렵겠는데?"

"그럼 어쩝니까? 정말 죽여야 하는 겁니까? 그러기엔 너무 아까운데요."

"일단 방법을……."

이명수와 고문 기술자들이 난감해하는데 지하실의 문을 열고 청림이 들어섰다.

그녀의 곁에는 츠바사가 함께하고 있었는데 청색 실로 만들어진 새끼줄을 들고 있었다.

고문 기술자들이 고개를 갸웃거린다.

"어라? 문주님께서 이곳엔 어쩐 일이십니까?"

"저놈이 입을 열지 않는다면서요. 그래서 전문가를 데리고 왔지요."

무림연맹 내에서 태하의 조력자이자 대단한 실력자로 알려진 청림은 많은 여류협객들에겐 선망의 대상이 되는 인물이다.

조만간 아미파에서 청림에게 러브콜을 보낼 것이라는 얘기가 있긴 하지만 그것은 어디까지나 사태가 진정된 이후의 일이었다.

그녀는 파란색 새끼줄을 막스의 목덜미에 칭칭 감기 시작했다.

"뭐, 뭐 하는 짓이냐?"

"이건 사람이 진실만을 말하게 만드는 신비한 힘을 가진 물건입니다. 뭐랄까요? 인간의 내면 깊숙한 곳이 자리 잡은 추악한 면을 드러나게 한다고나 할까요?"

"…무슨 개소리냐?"

청림은 용왕의 딸이며 바다의 신수이기 때문에 인간은 감히 상상조차 할 수 없는 힘을 가지고 있다.

물론 선계와 인간계의 경계를 넘어오면서 그 힘을 대부분 소실하긴 했지만 어쨌히 그녀는 영물 중에 으뜸이며 선계의 신수임엔 변함이 없었다.

그녀는 공청서유를 머어 키오 누에고치에시 뽑아낸 실로 새끼를 꼬아 줄을 만들었다.

이렇게 줄을 만들게 되면 그녀가 고이고이 간직하고 있는 몇 가지 도술이 통하게 된다.

스스스스!

그녀가 새끼줄에 도력을 불어넣자 줄이 순백색으로 변하면서 막스의 목덜미를 강하게 조여갔다.

꽈드드득!

"커, 커허어억!"

청림은 앞으로 10분간 도술을 사용하게 될 텐데, 문제가 하나 있다면 한 번 사용한 도술은 더 이상 사용할 수 없다는 것이다.

다시 선계로 돌아가면 모를까, 인간 세상에서 그녀가 사용할 수 있는 도술에는 한계가 있었던 것이다.

그녀는 눈을 까뒤집고 경련을 일으키고 있는 그에게 물었다.

"청야성의 성주 이름을 대라."

"혀, 현 성주는 청진수다."

순간, 지하실에 있던 사람들의 눈이 휘둥그레졌다.

"허, 허억! 정말 입을 열었네?!"

"그나저나 청진수는 누구일까요?"

이명수는 아직 젊은 살수들에게 그에 대해 설명해 주었다.

"청진수는 원래 청성파의 후기지수로서 한때 김명화 대협과 함께 방주님의 절친한 친구였다네."

"친구였다는 것은 과거에……."

"언제부터인가 세 사람 사이에 미묘한 분열이 일어났는데 청진수와 두 사람의 대의가 서로 달랐던 모양이야. 김명화 대협은 무림의 통합과 민관의 화합을 통하여 민생을 구제하자는 의견이었고, 청진수는 아예 세상을 뒤집어엎고 처음부터 다시 시작하자는 의견이었어. 당연히 그들은 함께할 수가 없었던 것이지."

"그럼 그때부터 그가 청야성의 초대성주가 된 것일까요?"

무의식에 빠져 있던 막스가 고개를 저었다.

"…아니다. 우리 청야성의 성주는 이번이 열 번째다. 우리는
꽤 오래전부터 이어져 온 조직이다. 하지만 워낙 오래된 세력
을 유지하다 보니 국론 분열이 일어났다. 그래서 몬스터 코어
로 에너지산업을 틀어쥐고 지하 무림을 뒤흔들어 세상을 바
꾸는 일을 시작하게 된 것이지. 흩어진 국론이 다시 모이자
우리 청야성의 힘은 다시 강성해졌다. 이제는 유엔을 발아래
둘 정도가 되었단 말이다."

"알아서 잘 대답하는군."

"청진수는 20년 동안 우리를 이끌면서 리더로서의 면모를
보였다, 이제 그가 지시하는 일이라면 목숨까지 내놓을 준비
가 되어 있다."

청림은 그에게 청야성의 본거지에 대해 물었다.

"그렇다면 당신들은 어디에 모여서 작당 모의를 하고 있지?"

"영국이다. 영국 캠브리지에서 회담을 갖고 전 세계 125개
국에 있는 지부로 회의의 결과를 전달한다. 그렇게 하부 조직
들을 관리하고 그들에게 끄나풀을 조종하도록 지시하는 것이
다."

그는 알아서 본거지의 좌표와 주요 거점에 대한 좌표를 술

술 불기 시작했다.

"북위."

"받아 적으세요."

"아, 네!"

총 15개의 좌표를 부른 그는 그곳에서 나머지 좌표를 구할 수 있을 것이라는 힌트를 주었다.

"거점은 나머지 지부를 관리하니 그곳을 찾아가면 세세한 좌표를 얻어낼 수 있을 것이다."

"…고맙군."

이제 10분이 지나자 그녀의 도술이 효력을 다하였다.

"콜록콜록!"

"청림 님!"

"저, 저는 괜찮습니다."

축 늘어진 채 잠에 빠져든 막스를 바라보며 청림이 말했다.

"이 사실을 오라버니께 알려야 합니다. 그리고 연맹 내의 모두에게 설파하여 놈들을 제압하는 겁니다."

"잘 알겠습니다."

그녀는 비틀거리는 걸음으로 지하실을 나섰다.

*　　　*　　　*

블루섹터의 해적섬으로 레드킵의 해적들이 상륙하였다.

해적단장의 수장인 엔을 중심으로 뭉친 그들은 블루섹터의 해적단장과 그 일원을 무장 해제시키고 충성을 맹세하도록 하였다.

"판도가 바뀌었다. 너희들이 우리를 따르면 살 것이고 거스르면 죽을 것이다."

"연맹이 살아날 수 있다면 너희들을 따르는 것은 문제가 되지 않는다. 다만, 이후에 너희들이 계속 우리를 억압한다면 저항의 움직임을 보이는 것도 무리는 아니겠지."

엔의 곁에 서 있던 장수원이 레드킵이 양지로 나아간다는 것을 시사하였다.

"이제 우리는 해적에서 탈피하여 무림연맹의 일부가 되어 합법적인 사업을 벌일 것이다. 그렇게 되면 지금의 생활을 청산하고 보다 안정적이고 부유한 생활을 할 수 있게 되겠지."

"무림연맹? 하지만 그들이 우리를 순순히 받아들일 것 같은가?"

"물론 힘이 들겠지. 하지만 그것은 시간문제일 뿐이다."

"어떻게 장담할 것인가?"

"내가 바로 명화방의 부방주이기 때문이다."

"……!"

"나는 명화방의 부방주 장수원이다. 앞으로 내가 너희들을 총괄하고 이끈다면 무림연맹에서도 가입을 승인하게 되겠지."

"…정말인가?"

"내가 무엇 때문에 거짓말을 하겠나?"

"하지만 당장 네 말을 믿을 수는 없다."

"흠, 좋아."

장수원은 블루섹터 해적섬 중앙에 우뚝 솟은 거대한 바위지대를 가리키며 말했다.

"잘 봐라."

그는 자신의 내력을 극성으로 끌어올려 장을 쳤다.

"파천신장!"

스스스스!

장수원의 붉은색 내가진기가 출수되더니 이내 바위지대 일부분을 한 방에 산산조각 내버렸다.

콰아아앙!

지금까지 수많은 위기를 겪으면서 단련된 그의 무공은 한층 더 성숙해져서 명화방의 장로들과 겨룬다고 해도 승부를 장담하기 힘들 정도가 되었다.

해적들은 그의 압도적인 무위를 두 눈으로 직접 보고선 이내 고개를 숙일 수밖에 없었다.

"저, 정말이군!"

"명화방은 거짓말을 이 세상에서 가장 경멸하는 집단이다.

나는 그 집단의 일원으로서 너희들을 빛의 길로 인도할 의무가 있다고 생각한다."

"과연……!"

"지금부터 우리를 따라서 네 개의 해적단을 흡수하고 연맹을 재구성하여 새로운 연맹체로 거듭나는 것이다. 그렇게 된다면 내가 너희들에게 안정된 미래를 약속할 수 있다."

블루섹터의 해적들은 기꺼이 장수원을 따르기로 했다.

"좋다, 당신을 수장으로 인정하도록 하지. 앞으로 당신이 내린 명령은 우리의 목숨과도 바꾸지 못할 소중한 언약이 될 것이다."

"나 역시 그대들을 아끼고 부하가 아닌 동맹체로 여길 것이다."

그는 청야성의 격파와 끄나풀의 정리에 대해서 역설하였다.

"현재 유엔군 함대가 청야성의 수중으로 들어갔다고 들었다. 우리는 그들을 제압하고 새로운 단체를 꾸릴 것이다. 싸울 준비가 되어 있나?"

"안정된 미래를 가질 수만 있다면 그 어떤 위험도 감수할 준비가 되어 있다."

"좋아."

그는 앞으로 엔이 연맹의 리더가 되어 무리를 이끌 것임을 시사하였다.

"이번 난리를 정리하게 되면 엔을 리더로 정하고 그녀를 중심으로 똘똘 뭉쳐야 한다. 그 역시 받아들일 수 있나?"

"원래 연맹의 맹주이던 사람의 딸이다. 그리고 그녀가 있었기에 당신이 이곳까지 온 것 아니겠나? 믿고 따르겠다."

장수원은 엔에게 이들을 양지로 이끌 것을 부탁하였다.

"일은 속전속결로 끝낸다. 그렇지만 무리를 이끄는 것은 주먹구구식으로 할 수 없다. 앞으로 연맹에서 제대로 일을 배우고 교육을 받음으로써 양지로 나아가라. 할 수 있겠나?"

"물론 당신이 하는 일이라면 당연히."

그녀는 말의 끄트머리에 조건을 하나 달았다.

"하지만 조건이 하나 있어."

"조건?"

"아무리 연맹이라고 해도 우리 역시 믿고 의지할 보험 하나쯤은 있어야 할 것 아니야?"

"보험이라……. 어떤 조건을 제시하면 되겠나?"

"당신과 나의 혼약."

순간, 해적들이 쌍수를 들고 환영하였다.

"오오, 그것참 묘수로군! 아무리 뒤통수를 치고 싶어도 혼약으로 묶인다면 전쟁이 일어날 일은 없겠지."

"그, 그건……."

"대의를 위한 일이야. 그것도 못 들어준다면 어떻게 연맹을 맺겠어?"

"하지만 그건 나 혼자 결정할 사안이 아니야. 명화방의 방침도 있고……."

블루섹터의 단장이 명쾌한 해답을 제시하였다.

"아아, 그럼 이렇게 하자고. 명화방에서 그녀를 첩으로 들이라는 조건을 수락한다면 당신은 기꺼이 엔을 두 번째 부인으로 맞아야 해. 만약 그것을 방에서 그것을 거부한다면 어쩔 수 없지만 수락할 경우엔 군말 없이 받아들이는 걸로."

"으음."

장수원은 자신을 바라보는 해적들의 눈빛에서 사뭇 진지함을 느꼈다.

'심지어 결연하기까지 하군.'

그들은 자신의 목숨을 바칠 연맹에 속하는 것에 믿음을 갖도록 이끌어주기를 바라고 있었다.

장수원은 결국 그들의 조건을 수락하기로 했다.

"좋아, 그렇게 하지."

"오오, 혼사가 성사되었다!"

"와아아아아!"

"아, 아직 성사된 것은……."

"대부, 이제부터 저 사람이 우리의 대부다!"

그녀는 장수원의 손을 꼭 잡았다.

"당신이 우리를 실망시키지 않으리라 믿어."

"…믿어줘서 고맙군."

장수원은 어쩐지 일이 꼬일 것만 같은 생각이 들었다.

제7장
융합

유엔연합군 회의가 열리는 제네바로 각국의 정상들이 모여들었다.

오늘 회의에 참석한 정상들의 표정이 상당히 굳어 있고 그 분위기 역시 꽤나 경직되어 있었다.

그 경직된 분위기를 좌지우지하는 사람은 바로 미국의 부통령 솔로몬 스토니스였다.

그는 회의를 구성한 각 국가의 수뇌들에게 짧게 한마디를 꺼냈다.

"천만다행으로 TMS 리모컨이 회수되었습니다."

아주 간단명료한 한마디였지만 그들의 얼굴에는 수많은 고뇌와 번뇌가 스쳐 지나가는 것 같았다.

영국의 부총리 에덤 브라이어튼이 어색한 미소를 지으며 말했다.

"아하하, 그것참 다행이로군요. 굳건한 우방국으로서 얼마나 걱정했는지 모릅니다."

"그래서 MI6에 MI5까지 동원하여 TMS 리모컨을 찾아다니셨습니까?"

솔로몬의 한마디에 다른 국가의 대표들이 저마다 딴청을 피웠다.

"험험, 그랬습니까? 이런, 우리 독일은 아무것도 모르고……"

"BND도 가만히 있던 것은 아니라던데요? 최근 프랑스 파리에서 일어난 총격전에서 대외공작부 부장이 사망하였다고 들었습니다. 이게 무엇을 뜻하겠습니까?"

"…뭔가 착오가 있던 것은 아닐까요?"

"착오? 이렇게 뚜렷한 증거가 있는데 착오라니요?"

그는 최근 파리에서 일어난 총격사건의 피해자들 신상 명세를 파악한 차트를 테이블 위에 던지듯 올려놓았다.

툭!

그러자 미국의 우방으로 불리던 국가들은 물론이고 정치적

대립에 있던 국가들까지 모두 숨을 죽였다.

이것은 현재까지 군사 최강국으로 불리는 미국을 제압하고 자신들이 실권을 장악하겠다는 뜻을 간접적으로 내비친 것이라 해석할 수 있기 때문이었다.

물론 모든 국가가 새카만 속내를 가지고 있던 것은 아니지만 이로 인해 정치적 입장이 상당히 곤란해지고 말았다.

그러나 최근까지 TMS 리모컨을 쫓아다닌 중국은 오히려 정면 돌파를 시도하였다.

"뭐, 그래요. 우리가 TMS 리모컨으로 재미를 좀 보려던 것은 사실입니다."

"…뭐요?"

"그렇지만 그것을 악용하려는 의도는 전혀 없었습니다. 잘못하면 3차 세계대전이 일어날 짓을 도대체 무엇 때문에 하겠습니까? 안 그래요? 미군이 운용하는 무기가 미사일만 있는 것도 아닌데 우리가 미쳤다고 그것을 악용하겠습니까?"

"그럼 뭡니까?"

"FTA나 영토 분쟁 등에 유리한 고지를 점할 것이라 생각했습니다. 그 정도도 생각하지 않는 나라가 어디 있었겠습니까?"

"흠."

중국의 양심선언 이후 러시아와 인도 역시 같은 입장을 표명하였다.

"맞아요. 최근 무인들의 세력이 강성해져 동북아시아가 실권을 잡은 것은 맞는 얘기이지만 무인들을 빼면 아직까지 미군의 세력이 가장 강력합니다. 이건 사실이에요. 인정하고 싶지 않지만 그래요. 그런 상황에서 최근 던전의 운영권이나 코어 발전소 건립 등의 문제가 점점 불거지면서 정치적 마찰이 생기고 있는 것은 사실입니다. 그나마 무인들이 연맹을 만들어 질서를 다잡으려 노력한다지만 그것은 어디까지나 대외적인 일에 불과합니다. 내부적으로는 아직까지 완벽한 화합을 기대하긴 힘들다는 소리지요."

"그렇습니다. 그래서 우리는 보험을 들려고 한 것입니다. 솔직히 한국이야 최근 코어산업으로 무척이나 부유해졌다곤 하지만 나머지 국가든은 어때요? 국가의 불균형이 이제는 반대로 일어나고 있다는 소리지요."

각 나라의 입장 표명을 듣고 난 이후이지만 그렇다고 양심선언이 문제 해결의 결정적인 역할을 할 수는 없었다.

솔로몬 스토니스는 이 일을 묵과하는 조건으로 국가들에 책임을 묻기로 했다.

"좋습니다. 이 사태를 해결할 수 있는 것은 본인들입니다. 어찌 되었든 간에 신뢰 관계를 깨뜨린 것은 사실이니 이에 대한 책임을 져주서야겠습니다."

"책임이요?"

"금전적으로나 정치적으로 뭔가를 바라지는 않겠습니다. 하지만 정보적으로 뭔가 보상을 해주시는 것이 마땅하지 않겠습니까?"

"으음."

솔로몬은 두툼한 서류 한 뭉치를 테이블 위에 올려놓았다.

서류 뭉치를 담은 파일에는 '무림연맹'이라는 글귀가 선명하게 새겨져 있었다.

"대전에서 직접 받아 온 겁니다. 아시죠? 무림연맹이 대전에 자리 잡은 것 말입니다."

"물론입니다. 그 사실을 모르는 국가는 아마 없을 겁니다."

"오늘 대전에서 청야성 *꼬*나풀에 대한 최종적인 명단을 공개하였습니다. 이 명단에는 지금까지 공개되지 않은 군부의 수뇌부와 심지어는 연합군 장군들까지 전부 포함되어 있습니다. 만약 이들을 쳐낸다면 군부에서 잡음이 발생하게 될 것입니다."

"……!"

"미국의 조건은 이것입니다. 앞으로 이들을 처단하는 데 있어서 발생되는 정보를 하나도 빠짐없이 공개하는 겁니다. 만약 이를 어길 시엔 무림연합의 제재를 받게 될 겁니다. 조만간 무림연합의 수장이 결정될 텐데 만약 꼼수를 부리다가 적발되면 그에 합당한 린치를 가하게 될 테니 그렇게 아십시오."

각 국가의 대표들은 현재 무림의 임시 수장으로 거론되고 있는 천하랑의 의견에 대해 물었다.

"명화방의 천하랑 부방주도 알고 있는 사실입니까?"

"물론입니다. 뿐만 아니라 각 문파의 수장들도 이미 보고를 받았습니다. 현재는 임시 안건으로 발의해 두었다가 연맹의 맹주가 선출되면 정식 승인을 거쳐 잘잘못을 가리게 될 겁니다."

현재 각 국가의 수장들이 무림연맹에 가입하여 그 일원으로 등록된 상태이기 때문에 이곳이 이제는 국제연맹 기구나 다름없는 상태였다.

물론 앞으로는 유엔과 무림연맹이 따로 갈라져 행동하게 되겠지만 당분간은 무인들의 주도하에 돌아가게 될 것이다.

"무인들이 손을 댈 수 있는 선이 있고 없는 선이 있습니다. 하지만 미국을 거의 멸망으로 몰고 갈 뻔한 이번 사건은 그들의 손을 빌리지 않을 수가 없습니다. 해서 우리 미국은 정식으로 이 안건을 연맹에 상정하고 심사를 받을 겁니다."

"으음."

"어떻게 하시겠습니까?"

각 나라의 대표들은 솔로몬 스토니스의 의견에 토를 달 수가 없었다.

국제사회에서 고립되는 것이 얼마나 큰 리스크를 감당해야 하는 일인지 너무나도 잘 알고 있기 때문이다.

"좋습니다. 그렇게 하겠습니다."

"우리가 잘못한 것이 있으니 당연히 따라야지요. 대신, 앞으로 일을 진행하는 데 있어서 차별을 두지 않겠다고 약속해 주셨으면 좋겠습니다."

"그런 사태가 발생하지 않도록 하기 위해 무림연맹에게 직접 부탁한 겁니다. 걱정할 필요 없습니다."

청야성의 끄나풀을 정리한 이후엔 무림연합 내부의 비리가 척결되었기 때문에 공정성을 의심할 필요가 없었다.

이제 다소 경직되었던 유엔의 분위기가 쇄신될 것이다.

"좋습니다. 이렇게 일을 마무리 짓도록 합시다. 지금 중요한 것은 이보다 청야성이니까요."

"그래요. 그건 그렇지요."

"앞으로 다시는 이런 일이 발생하지 않기를 바랍니다."

원래의 분위기로 되돌아온 회의장에선 추가로 파견되어 떠나간 유엔 함대에 대한 안건이 거론되었다.

스위스에서 출발하여 태평양까지 간 함대의 소식이 끊어지고 지금 그들의 행방이 묘연하다는 것이 이들에게도 전파된 것이다.

"명화방의 말에 따르자면 유엔에서 파견한 함대가 청야성의 끄나풀로 이뤄졌다고 합니다. 한마디로 우리가 첨단 무기를 죄다 모아서 청야성에 갖다 바친 셈입니다."

"…난감하군요. 그것으로 무슨 짓을 벌일지 모르는 일 아닙니까?"

"그렇지요. 하지만 운이 좋게도 화산파의 장문과 장로들이 입원해 있던 병원이 놈들의 본거지였답니다. 얻어걸린 셈이죠."

"오오, 그런 일이……!"

"해서 우리는 놈들을 처단하기 위해 연합군을 구성해야 할 것입니다. 참고로 놈들은 해적들과 내통하면서 우리의 상선을 주기적으로 털어온 것으로 밝혀졌습니다. 그러니 이번 기회에 해적들까지 아주 뿌리를 뽑는 겁니다."

"좋습니다. 안 그래도 고민이 되던 문제들이 틈틈이 끼어 있군요."

"그럼 당장 해군력을 모집하는 것으로 합시다."

유엔에서 연합군을 구성하기로 타결되어 수일 내로 군사들이 집결할 것이다.

*   *   *

영국 런던으로 무림연맹의 고수들이 속속들이 집결하고 있었다.

던전을 지키는 병력을 제외한 모든 인원이 런던에 집결함으로써 런던은 무인들로 인산인해를 이루고 있었다.

그 중심에 선 사람은 천하랑이었다.

천하랑은 무림연맹의 고수들을 이끌고 런던 캠브리지 제이스틴 타워 앞으로 향했다.

위이이이잉!

현재 런던의 시민들은 전부 타 지역으로 피신했고 이곳에 남은 사람들은 무인뿐이었다.

그는 명화자객단의 보고를 받았다.

"현재 제이스틴 타워에 상주하고 있는 병력은 대략 삼만 명입니다. 전 세계에 흩어져 있던 병력이 전부 집결한 것으로 보입니다."

"좋아, 그렇다면 더 이상 시간을 끌 필요가 없겠군."

잠시 후, 병력의 머리 위에서부터 밝은 빛이 떨어져 내렸다.

번쩍!

그 빛줄기는 이내 사람의 형상을 변하기 시작했다.

이내 모습을 드러낸 태하가 그에게 고개를 숙였다.

"부방주님."

"태하가 왔구나."

"고생 많으십니다. 이렇게 많은 병력을 이끄시다니요."

"어차피 누군가는 해야 할 일이 아니더냐?"

그는 제2의 거점인 아메리카 대륙의 현황에 대해 물었다.

"아메리카는 어떻게 처리할 생각이냐?"

"그곳은 청림이 직접 몬스터 군단을 이끌고 갔습니다. 아마 지금쯤이면 거점으로 아메리카 대륙의 거의 모든 몬스터가 몰려가고 있을 겁니다."

"그 얘기를 들으니 참으로 든든하군."

태하는 청림에게 레드와 그 주변 세력을 통합하여 제2 집결 지역인 아메리카를 토벌하도록 부탁하였다.

그녀는 레드와 백룡을 필두로 몬스터 군단을 구성하고 그들을 병력으로 사용하기로 하였다.

레드는 인간들의 싸움에 몬스터가 개입하는 것은 처음이지만 앞으로 태평성대가 이뤄질 것임을 생각하여 기꺼이 참가하기로 했다.

지금까지 몬스터를 이용하여 내전을 일으키고 문제를 가시화시킨 것을 청산하고 제대로 된 터전을 갈고닦을 생각인 것이다.

그의 슬기로운 결정에 힘입어 주변의 세력들까지도 전쟁에 동참하기로 하였다.

다소 부적절한 처사가 있던 것을 모두 청야성의 탓으로 돌리고 나니 몬스터들의 분노는 한껏 커져 날카로운 검이 되었다.

"아마 우리가 이곳을 정리할 때쯤엔 전미가 편안해진 상태일 겁니다. 그쪽에도 병력이 꽤 많은 것으로 보이지만 몬스터 군단을 상대할 정도는 아니니까요."

"잘되었군."

이제 태하는 결전을 치르는 데 주저함이 없었다.

스릉!

검을 뽑아 든 태하는 이곳에 모여든 무인들에게 외쳤다.

"우리는 청야성을 토벌하고 이 세계에 평화를 가지고 올 것입니다! 대의를 위해 기꺼이 싸웁시다!"

"옳소!"

연맹의 구성원들은 파벌과 문파에 상관없이 모두 하나가 되어 힘을 합치기로 했다.

챙챙챙!

여기저기서 병장기를 뽑아 드는 소리가 들려온다.

태하는 이들을 보내기에 앞서 자신의 인령진을 모두 소환하여 병력의 우위를 만들어냈다.

스스스스스!

하늘과 땅에서 내려온 인령진은 저마다 속성에 맞는 무기들을 소환하여 그것을 꽉 틀어쥐었다.

—깡, 깡!

"아군을 제외한 모든 적을 섬멸하라. 자비는 필요 없다. 포

로도 없고 협상도 없다. 우리는 테러리스트들과 협상하지 않
을 것이다."

─까앙!

태하는 인령진과 함께 제일 먼저 돌격하여 공격의 물꼬를
트기로 했다.

이곳에 소환된 인령진은 대략 2만여 기, 지금의 이 규모와
비슷한 병력이 제3, 제4 거점 등으로 파견되었다.

아마 태하가 작전을 시작할 때쯤이면 거점이 모두 파괴되어
청야성은 사실상 와해될 것이 분명했다.

그는 인령진과 함께 돌격을 시작하였다.

"제가 먼저 들어가겠습니다."

"그리하시게."

태하는 아주 가볍고도 신묘한 보법으로 앞으로 쭉 밀어 나
갔다.

스스스스스!

"돌격!"

─까가가가강!

형형색색의 인령진이 적진을 향해 쇄도해 들어가기 시작했
다.

*　　　*　　　*

한편, 아메리카 대륙의 제2 거점으로 레드와 백룡이 이끄는 엄청난 숫자의 몬스터들이 모여들기 시작했다.

크아아아아앙!

청림은 백룡을 하늘로 올려 보냈다.

"하늘에서 동료들을 지원해 줘."

크르르릉!

백룡이 하늘 높이 올라가 오라를 뿜어내면 청림은 그것을 반사시켜 몬스터들의 신체 능력을 향상시키고 회복 속도를 가속시킬 것이다.

그것은 반쪽짜리 고수들을 무력화시키고 압도적인 힘의 우위를 점할 수 있는 수단이었다.

제2 거점은 과테말라에 위치한 아스테픈 빌딩이다.

아스테픈 빌딩은 대략 일만여 명의 인원을 수용할 수 있는데 지금은 일만 오천의 병력이 상주해 있었다.

꽤나 많은 병력이지만 이곳으로 모여든 엄청난 숫자의 몬스터들에 비하면 조족지혈에 불과했다.

그녀는 아스테픈 빌딩 곳곳에 보이는 청야성의 문양을 향해 공격 신호를 보냈다.

"공격!"

크아아아아앙!

레드의 우렁찬 포효와 함께 몬스터들이 일제히 쳐들어갔다.

쿵, 쿵, 쿵, 쿵!

가장 먼저 돌격한 개체는 자이언트 오우거이고, 그 뒤를 따르는 것은 원거리 공격이 가능한 고산지대 맹독벌레였다.

고산지대 맹독벌레는 열 개의 다리와 단단한 등껍질을 가지고 있었는데 직경 10미터의 거대한 몸에서 유기물질을 녹여버리는 맹독을 덩어리의 형태로 뿜어낸다.

그 분사 거리가 무려 150미터에 달하기 때문에 오우거들이 돌격하면 그 뒤를 받쳐줄 원거리 공격수론 제격이었다.

그 밖에도 가우스트물뱀, 가고일, 드레이크 등등 후방을 지원하는 병력이 다양하였다.

자이언트 오우거들이 적이 쳐놓은 부비트랩과 가드라인을 맨몸으로 뚫고 들어갔다.

쿵쿵쿵!

쿠오오오오오!

부비트랩이 터지면서 오우거들이 픽픽 쓰러졌으나, 그들은 이내 다시 일어나 달렸다.

콰아아앙!

백룡의 오라가 그들의 신체 능력과 회복 능력을 극대화하였기 때문에 인간의 공격 무기는 그리 큰 문제가 되지 않았다.

오우거가 물꼬를 트자마자 소형 몬스터인 지글링턴과 고블린, 오크, 다이어울프 등이 그 사이를 비집고 들어가 수비 병력을 마구 물어뜯어 죽였다.

퍼어어억!

"크허어억!"

"방어하라! 육탄전을 벌여서라도 방어해!"

티타늄과 몬스터 코어를 합성하여 만든 방패를 가지고 몬스터들을 막아내고 있긴 했으나 청야성의 무인들은 공중에서 날아드는 화염과 냉기에 노출되어 금세 후퇴할 수밖에 없었다.

후우우욱, 크아아아앙!

레드와 아이스가고일의 파상 공세가 이어져 불바다가 되자마자 그 뒤를 이어 드레이크와 그레이트 하피들이 날아들어 적들을 사살하기 시작했다.

촤라라라락!

"총으로 응사하라!"

두두두두!

공력을 담은 총알이 몬스터들을 사격하였으나 청림의 도력이 더해진 치료 오라가 뿜어져 나와 곧바로 다시 일어나 공격하였다.

뚜두두둑!

부러진 뼈까지 다시 붙어 날아다니는 몬스터들 때문에 청야성의 저항은 그야말로 무용지물이었다.

"젠장, 이래선 답이 없다!"

"해상 병력! 해상 병력에 지원을 요청하라!"

"대답이 없습니다! 해상 병력, 침묵합니다!"

"뭐, 뭐라?!"

유엔 해군의 끄나풀 중의 일부가 지원 병력으로 내려왔지만 소용이 없었다.

이미 진짜 유엔군이 그들을 포위하여 체포 작전을 펼치고 있었기 때문이다.

이번 작전에 동원된 해군력은 무려 25개 함대이며 그중에는 항공모함만 열 척이 넘었다.

기이한 방적이 살육이 계속되는 가운데 저 멀리서 속성석 인형들까지 달려오기 시작했다.

―까앙!

"저, 저건 또 뭐야?!"

인령진은 일제히 청룡일격을 뻗어 수많은 용을 만들어냈다.

치지지지지직!

크아아아앙!

"드, 드래곤?!"

"말도 안 된다! 몬스터 중에 진짜 드래곤은 지금까지 발견

된 적이 없다고!"

인령진의 파급력이 이미 자연경에 이르렀으니 현경의 고수들이라고 해도 뾰족한 수가 없었다.

일격에 일천 명이 넘는 인명 피해가 일어나 사방이 모두 시체로 넘쳐났다.

"후퇴, 후퇴하라!"

"후퇴할 공간이 없습니다! 지금 하늘에서 몬스터들이 비 오듯이 떨어지고 있습니다!"

"뭐가 어째?!"

드레이크와 가고일이 지상형 몬스터들을 발톱으로 잡고 실어 나르는 바람에 옥상은 이미 몬스터 천지였다.

이제 더 이상 그들이 도망칠 공간은 사라지고 없다는 소리였다.

"하, 항복해야 하는 것 아닙니까?!"

"항복? 저런 괴물들에게 항복이 통할 것 같은가? 자네는 괴물과 대화를 할 수 있는 능력이라도 있단 말인가?"

"그, 그건 아니지만……."

"차라리 그 시간에 죽어서 좋은 곳으로 갈 수 있도록 기도나 하라고."

"…좋은 곳으로 갈 수 있겠습니까?"

청야성의 일원은 지금까지 셀 수도 없을 만큼 많은 죄를 지었으니 천국은 고사하고 연옥에나 떨어질지도 의문이다.

그들은 그저 죽을 때까지 저항하다가 겸허히 죽음을 받아들이는 수밖에는 다른 방법이 없었다.

*　　　　*　　　　*

청야성의 본거지인 영국을 향하는 항로에 유엔군 제5 함대가 위치해 있다.

솨아아아아!

그들은 영국 런던을 점거한 무림연합군을 저지하고 본거지를 재탈환하기 위한 계획을 세우고 있었다.

이미 타 지역의 함대가 전부 궤멸하고 남은 것은 이들이 전부이기에 앞으로 청야성의 운명은 이곳에 달렸다고 해도 과언이 아니었다.

하지만 그런 그들의 앞을 가로막는 세력이 나타났다.

삐비비비빅!

제5 함대 기함인 프리덤호에 사이렌이 울려 퍼졌다.

―후방 5㎞ 부근에 적 출현!

"뭐라?! 규모는?"

―구축함 네 척, 호위함 열 척, 그 밖에 경비정과 고속정이 무려 30척이나 됩니다!

"그게 말이나 되는 소리인가?! 그런 엄청난 병력이 도대체 어디서 나왔단 말인가?!"

프리덤호의 기장은 망원경을 들어 적들이 있다는 위치로 눈을 돌렸다.

그곳에는 형형색색의 함정들이 쇄도해 들어오고 있었다.

"저, 저게 뭐야? 함정의 색이 노란색, 파란색, 빨간색, 검정색이야?"

─어쩌면 새로운 해적들의 표식인지도 모릅니다.

"해적?"

─최근 에메랄드 연합이 다시 구성되어 우리의 항로를 망쳐놓고 있답니다. 그들 때문에 보급이 끊어져 패배한 함대가 많습니다.

"이런 빌어먹을!"

바로 그때, 그들의 측방에서도 함대가 몰려왔다.

─좌현 55도에 적 출현! 이번에는 에메랄드 연합인 것 같습니다!

"뭐라?!"

양 방향에서 적들이 치고 들어오는 바람에 제5 함대는 정신을 차릴 수가 없었다.

그런 가운데 소나 역시 난리가 났다.

삐비비비빅!

"함장님, 사방에서 어뢰가 날아옵니다!"

"어뢰?!"

"너무 빠릅니다! 우리가 어찌 손을 쓸 수가 없습니다!"

"빌어먹을!"

함대를 향해 날아오는 어뢰의 숫자는 무려 550개. 이 정도의 숫자라면 배가 모두 침몰하고 말 것이다.

"어뢰를 발사하여 대응한다!"

"예, 알겠습니다!"

함대 전원이 어뢰 발사 준비를 하고 있을 무렵 공중 경보기가 울렸다.

위이이잉!

―공중에 폭격기 출현!

"포, 폭격기?!"

―전투 헬기도 다수 보입니다! 저놈들의 색깔 역시 범상치가 않은데요?!

함장은 도무지 이게 어떻게 된 일인지 감을 잡을 수가 없었다.

"제기랄, 마치 귀신에 홀린 것 같군."

바로 그때, 레이더망에 미사일이 포착되었다.

―전방에 미사일 감지! 공중 요격 시스템의 범위를 벗어난 공격입니다!

"무, 무슨 말도 안 되는 소리인가?!"

—충돌 4초 전!

워낙 다채로운 공격이 이어져 함장은 손을 놓고 서 있을 수밖에 없었다.

장수원은 에메랄드 연합을 다시 결성하고 바다 곳곳에서 게릴라전을 펼쳤다.

이 과정에서 그는 혁혁한 전공을 세워 서서히 바다 위의 성전을 완성해 나가는 중이다.

그는 마지막 전투가 될 제5 함대와의 격멸을 앞두고 뜻하지 않은 상황과 마주했다.

기함에 오른 장수원이 함장들에게 물었다.

"저 함대들은 다 뭐야?"

"태어나 저런 전투함은 처음 보는군. 더군다나 이렇게나 많은 잠수함이라니, 상상조차 하지 못한 일이야."

잠시 후 장수원에게로 무전이 날아들었다.

—여기는 무림연합, 소속을 밝혀라.

"나는 명화방의 부방주 장수원이다. 현재 투항한 해적들과 함께 에메랄드 연합이라는 단체를 조직하여 게릴라전을 벌이는 중이다."

—장수원 부방주, 살아 계셨습니까?!

"어디의 누구십니까?"

—저희들은 사성회입니다. 무사하셨군요.

"사성회! 반갑습니다! 이런 곳에서 다 만나다니, 기쁘기 이를 데가 없군요."

사성회의 해군들은 그를 영국으로 안내했다.

—같이 영국으로 가시지요. 지금 김명화 대협의 아드님이신 김태하 씨가 청야성주를 제압하였다고 합니다.

"…청야성주를 태하가?!"

—전 세계 각지로 흩어져 있던 청야성의 잔당 역시 청소가 끝난 마당입니다. 연맹에 가입한 국가들은 끄나풀을 마저 정리하고 그 불씨를 완전히 끄는 중입니다. 이제 마무리만 하면 이 지긋지긋한 전쟁도 끝입니다.

깅수인은 엔과 학자들에게 영국으로 갈 것을 종용하였다.

"가자. 영국에서 우리의 존재를 인정받고 밝은 곳을 향해 나갈 때야."

"양지로 나간다?"

"그렇다."

이제 드디어 해적들의 개과천선이 이뤄지려는 참이다.

*   *   *

무림연합과의 전투에서 패배한 청야성주 청진수는 팔다리가 반쯤 절단된 상태로 포박되었다.

그를 따르던 지부장들과 끄나풀은 전부 처형되어 공동화장터에서 시신을 처리하게 될 예정이다.

태하를 비롯한 무림연맹과 각 국가의 수장들이 청진수의 앞에 모여들었다.

치익!

담배에 불을 붙인 태하가 청진수에게 흡연을 권했다.

"한 대 피우시죠."

"됐다."

청진수는 여자라고 해도 믿을 정도로 수려한 외모에 오랜 수련으로 다져진 단단한 체구의 사내였다.

미청년, 아니, 미중년의 표상이라고 해도 과언이 아닐 정도로 아름다운 그의 입에서 웃음이 흘러나왔다.

"후후, 재미있군. 옛 친구와 똑같이 생긴 그의 아들에게 죽음을 맞이하게 될 줄이야."

"인과응보입니다. 자신의 뜻과 다르다는 이유로 모두를 죽음으로 몰고 가려던 그 생각부터가 잘못된 것입니다."

"신념이라는 것은 저마다 다른 것이다. 같을 수가 없어. 다른 길이라고 생각된다면 과감히 돌아서는 것이 옳다. 물론 한 점의 후회도 없다. 내가 선택한 길에 후회가 있을 리가 있겠나?"

청진수는 고개를 들어 김명화와 함께한 세월을 떠올렸다.

"한때는 명화와 함께 세계를 누비고 살던 때가 있었지. 그때만 해도 내가 그를 죽이리라곤 전혀 생각조차 하지 못했어."

"죽음으로 속죄하십시오."

그는 자신의 죽음을 겸허히 받아들였다.

"그래도 명화의 아들 손에 죽으니 마음은 가볍구나. 내가 죽인 네 양친을 저승에서 만난다면 네 안부를 전해주마. 죽어서 명화와 술 한잔할 생각을 하니 마음이 가볍군."

"저승에선 서로를 죽이고 헐뜯지 못할 테니 영원히 좋은 친구로 지내십시오."

"만약 녀석이 나를 받아주기만 한다면야……."

태하는 검을 뽑아 들었다.

스릉!

"죽는 방법은 스스로 선택할 수 있게 해드리겠습니다."

"마음대로 하여라. 원수를 갚겠다면 그리하고 목을 쳐서 깔끔하게 죽이고 싶다면 그리하여라."

청진수는 태하의 부모님을 죽인 원수임과 동시에 태하 본인을 죽음으로 몰고 간 장본인이다.

또한 세상의 수많은 아버지와 어머니, 자식들을 죽인 흉악범이다.

태하는 이곳에 모인 사람들에게 의견을 물었다.

"어떻게 하면 좋겠습니까?"

"살려두어 좋을 것이 없네. 지금 이 자리에서 깔끔하게 처단하고 새롭게 시작하자고."

"맞습니다. 이미 그의 죄는 낱낱이 밝혀졌습니다. 더 조사할 사안이 있다면 조사하여 처단하면 좋겠습니다만, 이놈이 살아서 무슨 짓을 벌일지 아무도 모르지 않습니까?"

청진수는 지금까지 기행에 가까운 일들을 저질러 온 사람이기에 그의 처단은 필수불가결한 일이었다.

태하는 검을 두 손으로 곧게 잡았다.

척!

"잘 가십시오."

"……."

서걱!

단 일격에 청진수의 목이 떨어져 바닥을 나뒹군다.

하지만 그는 죽는 순간까지 잔잔한 미소를 짓고 있었다.

태하는 눈을 뜬 채 죽은 그의 얼굴에 자신의 겉옷을 벗어 덮어주었다.

"좋은 곳으로 가라곤 말하지 않겠습니다."

죽은 자는 말이 없는 법이다.

　　　　*　　　　*　　　　*

　청진수가 죽고 난 후 전 세계는 그의 끄나풀을 잡아들여 처형하는 피의 숙청을 감행하였다.

　그들을 잡아 감옥에 가두는 것이 국제법에 알맞겠으나 청야성의 기상천외한 행적들을 생각하면 즉결 처분이 올바른 선택이었다.

　그로부터 3년 후, 무림연맹은 대전에 완벽히 터를 잡게 되었다.

　3년간의 공사 끝에 완성된 무림연맹은 전 세계에 걸쳐 있는 던전의 수비와 몬스터 코어 채취를 총괄하고 각 문파와 무인 집단을 아우르는 유일한 기구로 거듭났다.

　이로써 길고 길었던 지하 무림이 혁파되고 혈풍이 몰아치던 던전 쟁탈전이 막을 내리게 되었다.

　무림연맹은 3년간의 재정비를 끝으로 새로운 출발을 공표하였다.

　이른 봄, 무림연맹 총본부에서 초대 무림연맹주의 취임식이 열렸다.

　대략 50만에 이르는 무림인과 300만의 용병, 그리고 연맹에 가입한 국가의 총수들이 연맹의 총본부를 찾았다.

　이 모든 인물을 이끄는 리더로 선출된 사람은 바로 태하였다.

태하는 이제부터 전 세계의 질서를 다잡고 그 중심에 서서 평화를 유지하는 수장으로서의 책무를 다하게 될 것이다.

"지금부터 무림연맹의 초대맹주 취임식을 거행하겠습니다."

짝짝짝짝!

장내를 울리는 음악이나 요란한 춤사위 대신 진중하고 묵직한 박수 소리만 가득한 이곳에 태하가 모습을 드러냈다.

그는 도복을 모방한 검은색 군복을 입고 있었는데 이것은 앞으로 무림연맹에 속한 모든 인원이 착용하게 될 공용 의복이었다.

동양의 도복과 서양의 슈트, 거기에 활동이 편한 전투복을 적절히 섞어보기도 좋고 움직이기도 편은 단체복이 탄생한 것이다.

순백색 와이셔츠에 검은색 군화를 신은 태하는 백금으로 만든 청룡이 새겨진 휘장을 어깨에 감고 있었다.

이는 무림연맹의 맹주를 상징하는 징표였다.

그는 마이크 대신 공력을 발산하여 잔잔한 사자후를 터뜨렸다.

"반갑습니다. 무림연맹의 맹주로 추대된 김태하입니다."

짝짝짝짝!

딱히 힘을 주어 말하는 것이 아니었음에도 그의 목소리는 10㎞ 밖까지 부드럽게 퍼져 나가 사람이 듣기 좋은 데시벨을 만들어냈다.

그는 짧고 간결한 연설을 시작하였다.

"지금까지 우리는 숱한 싸움과 도저히 가늠조차 할 수 없는 피를 보면서 살아왔습니다. 또한 에너지의 불균형으로 고도의 발전을 이룩했음에도 불구하고 수많은 기아가 창궐했습니다."

태하는 주머니에서 몬스터 코어를 하나 꺼냈다.

스르르릉!

영롱하게 반짝이는 몬스터 코어에서 투영된 빛이 장내 끝까지 뻗어 나갔다.

그는 몬스터 코어를 탁자 위에 올려놓으며 말했다.

"이 작은 돌덩이 하나 때문에 죽어나간 사람이 도대체 얼마입니까? 이제 우리는 동족을 죽이고 스스로 부를 축적하는 파렴치하고 어리석은 짓을 되풀이하지 않을 것입니다. 부녕하고 공정한 배분으로 전 세계의 기아를 없애고 평화를 유지하는 겁니다. 이게 우리 무림연맹이 앞으로 나아가야 할 방향입니다."

태하는 연설을 이쯤에서 마무리하였다.

"지금까지 우리는 많이 힘들고 괴로웠습니다. 그 슬픔은 앞으로 꽃길을 닦는 발판이 될 것이라고 생각합니다. 이제 우리는 긴밀히 협조하고 서로 도우며 하나의 공동체로 살아갑시다. 이상입니다."

짝짝짝짝!

태하가 연설을 끝내자마자 사방에서 박수갈채가 쏟아졌다.

이제는 세계의 대통령이 된 태하에게 엄청난 인원의 외신들
이 다가와 그의 얼굴을 카메라에 담았다.

찰칵찰칵!

"맹주님, 이곳을 한번만 봐주십시오!"

"멋있는 포즈 한번만 취해주십시오! 청소년들이 보고 있습
니다!"

태하는 깊이 고개를 숙여 취재진의 성원에 보답한 후 곧바
로 식장을 빠져나갔다.

*   *   *

태하가 무림맹주가 되고 난 후, 남궁세가는 한양 김씨 일가
와 맺기로 한 혼약을 한발 뒤로 미루게 되었다.

남궁세가와 혼약을 맺기로 한 태하가 정략을 파기하고 명
화방과 남궁세가를 이어주겠다고 선언한 것이다.

늦은 밤, 태하가 대전 외곽의 한적한 공원에서 홀로 담배를
피우고 있다.

"후우!"

원래 술과 담배를 즐기던 태하이지만 요즘엔 청소년들의·본보기가 될까 봐 남들이 보는 곳에선 담배를 손에 대지 않았다.

사람이 없는 밤을 틈타 담배를 피우고 있는 태하에게 남궁설아가 다가왔다.

"오래 기다렸나요?"

"아닙니다."

그녀는 태하의 검지와 중지 사이에 꽂혀 있는 담배를 바라보며 한소리 했다.

"건강에도 안 좋고 맛도 없는 것을 도대체 왜 피우는지 모르겠네요."

"후후, 그러게 말입니다."

태하는 엉뚱하게도 그녀에게 담배를 한 대 권했다.

"피우시겠습니까?"

"됐어요."

"건강에 나쁘지 않아요. 요즘 알코올 성분을 제거한 술과 유해 물질이 전무한 담배를 개발하고 있습니다. 오히려 건강에 좋아요."

"술과 담배가 건강에 좋다고요?"

"네, 그렇습니다. 좀 아이러니하긴 해도 사실입니다."

꽤 오래전부터 술과 담배 때문에 사람이 죽어나간다는 사실을 익히 알고 있던 태하는 주과와 백년화리의 껍데기로 만든 첨가물로 키운 담배를 제조하고 주과에서 추출한 엑기스를 물에 희석한 술을 개발하고 있었다.

이는 오히려 건강을 증진시키는 효과가 있기 때문에 앞으로 전 세계 흡연 인구와 음주 인구가 더더욱 건강해질 수 있는 수단이 될 터였다.

그녀는 못 미더운 표정으로 담배를 받아 한 모금 빨아들였다.

"콜록콜록! 뭐, 뭐야? 맛이 왜 이렇게 써요? 원래 이래요?"

"몸에 좋은 것이 쓴 법이지요. 담배의 잎을 개량한 것이기 때문에 맛과 향은 비슷해요. 더군다나 첨가물을 넣지 않아서 그 향이 더욱 진하지요."

"…난 아무리 건강에 좋다고 해도 담배는 못 피우겠네요."

"하하, 그렇습니까?"

설아는 태하에게 담배를 다시 건넸다.

"마저 피우세요."

"그러죠."

그녀는 미완성인 건강 담배를 피우고 있는 태하에게 물었다.

"나를 이곳으로 부른 이유가 있겠죠?"

"그렇습니다."

설아는 씁쓸하게 웃었다.

"결국 저와는 맺어질 수 없다는 말을 하시려 부른 건가요? 이미 그건 건너 전해 들었는데요."

"알아요. 하지만 내가 직접 얘기하고 싶었습니다."

그녀의 눈가가 촉촉해졌다.

"…굳이 이렇게 친절하지 않으셔도 돼요. 당신의 친절이 오히려 저를 죽일 수 있다는 것을 모르시나요?"

"미안하게 되었습니다."

설아는 고개를 저었다.

"아니요. 애초에 나 역시 가문에서의 내 위치를 위해 당신을 이용하려 했어요. 의도가 좋지 않았어요."

"그랬습니까?"

"하지만 당신과 지내고 보니 꽤 좋은 사람이더군요. 그래서 나도 모르게 끌렸어요. 그리고 당신과의 행복한 미래를 꿈꾸게 되었죠."

"……."

"당신은 어땠는지 몰라도 나에겐 아마 첫사랑이 될 뻔했어요."

그녀는 묵묵히 자신의 얘기를 들어주는 태하에게 한 가지 황당한 부탁을 했다.

"태하 씨."

"네?"

"따귀 한 대만 맞아줘요."

"뭐, 뭐요?"

"따귀요. 원래 남자가 여자를 마음대로 떠나면 이렇게 따귀를 치곤 한다더군요."

"따, 따귀라······."

"싫다면 어쩔 수 없고요."

"아니, 그런 것은 아니고······."

그녀는 태하의 말이 끝나기도 전에 그의 뺨을 한 대 후려쳤다.

짜악!

"어, 어어······."

"당신이 싫다고 해도 어차피 때리려고 했어요."

"험험, 그랬습니까?"

설아는 조금은 홀가분한 표정으로 일어섰다.

"됐어요. 이제 더 이상 미련은 없어요. 명화방의 후기지수 중에서 한 사람 골라 잘 살아볼게요."

"그래요. 행복하세요."

태하에게서 등을 돌린 설아의 어깨가 살며시 떨려왔으나 그는 결코 그녀를 잡지 않았다.

어차피 맺어지지 않을 인연이라면 굳이 친절을 베풀 이유가 없었다.

*　　　*　　　*

꼬끼오!

저 멀리서 수탉이 우는 소리가 들려오는 것을 보니 아침이 밝아온 모양이다.

태하는 자리에서 일어나 거실로 나왔다.

부모님과의 추억이 서린 집에서 아직도 살고 있는 태하에겐 이런 아침이 아주 익숙했다.

"나이를 먹어도 사는 것은 똑같군. 단지 부모님이 생존해 계시지 않다는 것만 다를 뿐."

어차피 집에 잘 들어오지 않던 아버지와 태하를 혼자 두는 일이 많던 어머니이기에 그는 혼자 살아가는 것이 전혀 어색하지 않았다.

굳이 아침을 먹을 필요는 없지만 뭔가 먹지 않는다는 것은 인생을 살지 않는 것과 같다는 생각이 들었다.

태하는 밥을 차리기 위해 부엌으로 향했다.

그런데 식탁 위에 진수성찬이 차려져 있다.

그는 테이블 위에 놓인 쪽지를 발견했다.

오라버니, 끼니 거르지 마세요. 아무리 밥을 안 먹어도 살 수 있다고 하지만 인간으로서 식도락을 포기할 수는 없잖아요?

앞으론 내가 없어도 잘 지내세요.

밥 굶지 말고.

한 글자 한 글자 정성스럽게 써내려 간 필체를 보아하니 청림이 쓴 것이 확실했다.

태하는 그녀가 떠났다는 것을 확신했다.

"인사도 없이 갔나?"

그녀가 차린 밥상을 앞에 둔 태하는 그것이 목구멍으로 넘어가지 않았다.

한때 태하는 그녀에게 자신을 떠나라고 내몬 적이 있었다.

비록 대의를 위해서 한 일이었지만 이 세상에 의지할 사람이라곤 태하 한 사람뿐인데 그녀를 밖으로 내몰았다는 것은 스스로 납득할 수 없는 일이었다.

그럼에도 불구하고 청림은 태하가 복수를 하고 이 세상의 질서를 다잡을 수 있도록 도와주었다.

이제 대업을 이루었으니 자신은 필요가 없을 것이라 생각한 것인지도 모르겠다.

하지만 태하는 그녀가 떠난 진짜 이유를 알고 있었다.

"참, 인연이라는 것은……."

애초에 두 사람은 서로가 어떤 존재인지 너무나도 잘 알고 있었다.

겉으로는 부정하고 있었지만 서로를 끌어당기는 애정이라는 기류에 한껏 매료되어 가는 중이었다.

하지만 태하는 엄연히 이 세상을 살아가야 하는 인간이고 그녀는 언젠가는 선계로 돌아가야 하는 신수였다.

두 사람은 자신들의 운명을 이미 알고 있었기에 선을 긋고 그곳을 넘어가지 않기 위해 안간힘을 쓰고 있었던 것이다."……."

태하는 밥상을 앞에 두고 한참을 멍하니 앉아 있었다.

＊　　　＊　　　＊

우르르릉, 콰앙!

신선도의 입구가 열렸다.

신선도의 입구는 다신 열리지 않을 것이었지만 신수의 심장 절반을 도려내어 불가능을 가능하게 만들어낸 것이다.

이제 그녀는 이 선을 넘게 되면 다시는 현세에 발을 들이지 못하게 될 것이다.

그녀는 자꾸만 자신의 어깨를 붙잡는 미련에 눈을 질끈 감았다.

"휴우······."

깊은 한숨을 내쉰 그녀가 이내 눈을 떴다.

번쩍!

이제 다시는 현세로 돌아가지 않겠다는 굳은 다짐이 그녀의 발을 움직였다.

꿀렁!

그녀의 몸이 신선도로 넘어가며 서서히 그 입구가 봉해지려 한다.

쿠구구구궁, 쾅!

낙뢰가 몰아치는 입구 너머로 점점 좁아지는 현세의 바다가 보인다.

그런 바다의 저 먼 곳에 한 남자가 서 있다.

그가 청림에게 손을 흔들었다.

'잘 가.'

청림은 미소를 지었다.

'잘 있어요.'

이제 두 사람이 또 언제 인연이 닿을지 그것은 신만이 알고 있을 것이다.

에필로그

도쿄 명화타워 컨벤션센터에서 결혼식이 진행되고 있다.

빰빠바바밤!

오늘 결혼식에는 무림연맹의 모든 인원은 물론이거니와 전 세계 정, 재계 인사들까지 전부 참석하였다.

결혼식의 주인공이 머물고 있는 신랑 대기실로 꽃을 든 태하가 찾아왔다.

똑똑.

"큰외삼촌, 저 태하예요."

"…그래, 들어오너라."

신랑 대기실에는 고개를 푹 숙인 장수원이 앉아 있다.

"삼촌, 왜 이러고 계세요? 숙모가 찾으세요."

"…정말 나에게 왜 이러는 것인지 도통 모르겠구나. 다들 나를 죽일 셈인가?"

태하는 한숨을 푹 내쉬었다.

"삼촌, 제가 어떻게든 중재를 해보려 노력했습니다만 아시다시피 이 문제는 명화방의 문제입니다. 크게는 제가 연맹주이긴 하지만 집안에선 그저 촌수 어린 꼬마에 불과하니까요."

"그래, 안다."

해적 집단 에메랄드 연합의 원래 숫자는 삼천에 불과했으나 전 세계 곳곳에 있는 해적들을 통합하여 해상 용병 집단을 출범시키면서 그 세력이 무려 사십만까지 불어났다.

심지어 해적이 아닌 평범한 용병들까지 가세하면서 단단한 입지를 굳히게 된 것이다.

에메랄드 연합은 용병 집단으로서 출범하였지만 내부적 계급 정립을 통하여 제도를 정비하고 명실상부한 사설 군대로 발돋움하였다.

여기에 궤멸한 청야성의 끄나풀들이 가지고 있던 함대와 무기를 전부 흡수하고 더러는 미국과 영국 등지에서 전투함을 구매하여 해상 몬스터와의 교전에서도 승리를 거두었다.

그들은 오랜 노력 끝에 함포와 미사일에 몬스터 코어를 결합시켜 몬스터와의 싸움에서 승리할 수 있는 기반을 만들었던 것이다.

이제 에메랄드 연합은 물자 수송은 물론이거니와 해상 몬스터를 제거하는 중요 세력으로 자리 잡고 있었다.

전 세계 상인들이 마음 놓고 교역할 수 있는 젖줄인 바다를 그들이 유엔을 대신하여 지켜내고 있는 것이다.

한때는 천하의 불한당으로 불리던 그들이지만 이제는 바다의 수호자로서 그 명망이 높아져 가고 있었다.

이 와중에 에메랄드 연합의 수장인 엔이 명화방의 차기방주인 장수원과의 결혼을 요구하였다.

에메랄드 연합의 총수이자 정신적 지주인 엔이 갖는 영향력이 대단한 바, 유엔은 무림연맹에게 장수원의 중혼을 독촉하였다.

무림연맹은 이 문제에 대하여 명화방에 의견을 물었는데, 방주인 천태홍이 뜻밖에도 중혼을 납득하는 상황이 벌어졌다.

천태홍은 남아일언 중천금이라며 장수원을 떠밀었다.

그는 천태홍이 인가하면 중혼을 하겠노라 약속을 했고, 그 약속은 애매하지만 약혼이나 다름없었다는 것이다.

그로 인해 장수원은 지천명이 훌쩍 넘어 환갑을 바라보는 나이에 전 세계 중계로 중혼을 치르게 된 것이다.

장수원은 이것은 집안의 수치라며 고개를 내저었다.

"…사부님께선 내가 미우신 것이다."

"아니요, 삼촌. 이건 어쩌면 불가항력적인 일입니다."

"불가항력적이라니?"

"이 세상에 마음처럼 되지 않는 것 중에 하나가 바로 연애 감정 아닙니까?"

"그건 그렇지만……"

"생각해 보면 삼촌이 엔을 죽였다면 이런 일이 벌어지지 않았겠지만, 그건 말도 안 되는 일 아닙니까? 삼촌이 함께 죽어가던 사람을 그냥 내팽개칠 정도로 냉정한 사람은 아니잖아요."

"그건 그렇지."

"그러니까 불가항력적이라는 겁니다. 이젠 어쩔 수 없어요. 설마하니 방주님께서 중혼을 결정하실 줄이야. 지는 상상조차 하지 못했습니다."

아내가 있는 상태에서 결혼을, 무려 첩도 아니고 두 번째 아내를 맞는 일은 명화방의 전통을 생각하면 말도 안 되는 소리였다.

그렇지만 천태홍은 이 모든 사안을 감안하여 과감한 결단을 내린 것이다.

그리고 명화방의 식구들 역시 장수원이 여색을 밝혀 장가를 드는 것이 아니라는 사실을 잘 알고 있었다.

때문에 그의 중혼을 반대하는 사람은 딱히 없었다.

물론 명화방의 제자들에게 정략 중혼을 하라고 강요한다면 질색하겠지만 장수원은 직위가 직위이니만큼 희생이 불가피하였다.

"다른 것은 몰라도 아내가……."

"그래요, 마음에 걸리시겠죠. 하지만 외숙모도 납득을 하셨습니다."

"……."

"그리고 무엇보다도 이제 예순이 다 되어가는 마당에 첩 하나를 신경 쓰겠냐면서 오히려 대수롭지 않게 생각하시던데요?"

"미칠 노릇이군그래."

잠시 후, 장수원의 아내 코쿄 츠카다가 대기실의 문을 열고 들어왔다.

"여보, 여기서 뭐 해요? 사람들이 찾잖아요."

"…얼굴이 화끈거려서 밖으로 나갈 수가 있어야지."

"그게 지금 무슨 말씀이세요? 새장가를 드는 것을 자랑하는 것이 아니라 정략을 맺는 것이라고요. 앞으로 에메랄드 연합이 다시는 엇나가지 않도록 정략하는 것이 부끄러운 일인가요?"

"그건 아니지만⋯⋯."

그녀는 우물쭈물하는 장수원에게 일침을 가하였다.

"여보, 저에 대한 미안함이나 양심은 내려놓으세요. 당신은 이제 사사로이 행동할 수 있는 사람이 아니잖아요? 그러니 책임감을 갖고 행동하세요."

"⋯미안하군. 남편이라는 사람이 이렇게 물러 터져서 말이야."

"그래요. 물러 터졌군요. 오늘의 당신은 특히나 실망스러워요."

"코, 코쿄⋯⋯."

"당당하세요. 앞으로 명화방을 이끌어갈 사람이 이렇게 주눅이 들어 있어서 어디에 쓰겠어요?"

그제야 장수원은 힘을 냈다.

그는 아내의 손을 꼭 잡았다.

"고마워. 당신 덕분에 용기가 생겼어."

"그래요. 힘내세요."

이제는 힘을 내 밖으로 나가려던 장수원이 갑자기 걸음을 우뚝 멈추었다.

"자, 잠깐!"

"왜 그러세요?"

"결혼을 하면 첫날밤은⋯⋯."

난감해하는 장수원에게 그녀가 웃으며 말했다.

"후후, 그거야 당연히 잘 치러야죠."

"하지만 엔은 내 딸뻘이라고. 솔직히 그런 생각을 하기도 민망하고 힘들단 말이지."

"그래도 어쩔 수 없어요."

"후우, 이것 참."

태하는 부부를 바라보며 쓸쓸하게 웃었다.

어째 장가를 드는 본인보다 아내가 더 태연하고 강한 것 같았기 때문이다.

'큰외숙모가 없었다면 우리 외가는 진즉이 무너졌을지도 몰라.'

겉보기엔 여리고 약해 보이는 그녀이지만 이렇게 중요한 순간이 닥치자 제대로 중심을 잡고 있었다.

어쩌면 여자로서 자존심, 혹은 자존감이 박살 날 수도 있는 상황이었다. 그럼에도 불구하고 그녀는 끝까지 의연하게 남편을 이끌고 있었다.

태하는 장수원에게 용기를 북돋아주었다.

"삼촌, 파이팅!"

"그래……"

힘이 하나도 없어 보이는 장수원이지만 막상 닥치면 또 의연하게 잘해낼 것이라고 태하는 믿어 의심치 않았다.

　　　　　*　　　　　*　　　　　*

　장수원의 결혼식에 참석한 츠바사는 검은색 선글라스를 벗었다.

　그는 최근 태하의 작은 신선도에서 눈을 치료하기 위한 수련에 들어갔다가 3년 만에 시력을 회복하였다.

　이미 암사의 무공을 극성으로 익힌 츠바사였기 때문에 앞을 보는 것은 불필요했으나 대외적으로 영향력을 행사할 수밖에 없게 된 하오문에서 그를 치료해 달라는 요청을 해온 것이다.

　때문에 츠바사는 어쩔 수 없이 눈을 치료하고 다시 세상을 바라보는 시시경을 되찾게 되었다.

　츠바사는 한층 더 맑아진 눈으로 결혼식장을 돌보고 있었다.

　그는 축의금을 받지 않는 대신 덕담 주머니를 받는 일을 하고 식에 관련된 잡다한 준비를 직접 총괄하였다.

　식장 밖에서 덕담 주머니를 챙겨서 정리하고 있던 츠바사의 귀에 결혼행진곡이 들려왔다.

　빰빰빠바밤!

　그는 자신도 모르게 실소를 흘렸다.

"후후, 삼촌도 참 여복이 넘쳐흐르는군. 저렇게 대단한 아내가 무려 둘이나?"

늦은 나이에 중혼을 하는 삼촌을 멀리서 바라보던 츠바사의 곁으로 아미파의 장문 연태실이 다가왔다.

그녀가 머뭇거리며 말을 붙였다.

"저……."

"으음? 식장에 계시는 것 아니셨습니까?"

"그랬지."

"한창 식이 진행 중입니다만, 어떻게 나오셨습니까?"

"자네에게 부탁할 일이 하나 있어서 말이야."

"말씀하시지요."

"시간이 있다면 결혼식이 끝나고 난 후에 나를 잠깐 만나줄 수 있겠나?"

"오늘 당장 말입니까? 오늘은 피로연이다 뭐다 해서 좀 바빠서……."

"밤이 늦어도 괜찮네. 그래줄 수 있겠나?"

츠바사는 얼떨결에 고개를 끄덕였다.

"아, 예. 어르신이 그렇게까지 말씀하시는데 당연히 가야지요."

"그래, 부탁함세."

그녀가 다녀간 후 천하랑이 다가왔다.

천태홍을 대신하여 내빈들을 접대하느라 술을 진탕 마신 천하랑이 웃음을 흘렸다.

"하하, 츠바사가 여기 있었군!"

"술 한잔하셨습니까?"

"음, 했지!"

오늘따라 유난히도 기분이 좋아 보이는 천하랑이 츠바사의 어깨에 손을 척 올렸다.

"얘야, 츠바사!"

"예, 어르신."

"내가 부탁이 하나 있어."

"부, 부탁이요?"

"들어줄 수 있겠니?"

"…막투가 너무 부드러워서 좀 무서운데요?"

"하하, 술을 마셔서 그래. 징그러워도 이해하렴."

"아, 예."

천하랑은 그에게 명화자객단의 단주를 상징하는 명패를 건넸다.

"츠바사야, 아무리 생각해 봐도 이 명패를 물려줄 적당한 인물이 떠오르지 않더구나."

"어, 어르신?"

"이제 나도 은퇴해서 낙향이나 하고 싶구나. 사형도 이제 곧 낙향하실 거라고 하던데, 나 역시 은퇴하면 안 될까?"

츠바사는 마음이 무거워졌다.

다른 사람도 아니고 자신이 가장 존경하는 천하랑이 나이를 먹었다는 것을 절감하였기 때문이다.

'하긴, 그동안 누구보다 고생을 많이 하셨지.'

그는 회한이 가득한 눈으로 하늘을 바라보았다.

"내 사제들이 모두 떠났어. 저세상으로 말이지. 내 아내도 떠났고 내 아들도……."

"…어르신."

"그 모든 그리움을 명화방에 쏟아냈어. 그래서 지금까지 쓰러지지 않고 일할 수 있었던 거야."

천하랑의 마음이 어떨지 너무나도 잘 알고 있기에 츠바사는 명화자객단주의 자리를 마다할 수가 없었다.

그는 깊이 고개를 숙였다.

"어르신께서 베풀어주신 은혜가 하해와 같지만, 이런 영광을 주시니 몸 둘 바를 모르겠습니다."

"하하, 이놈. 어울리지 않게 무슨 격식을 차리고 그러느냐?"

"앞으로 잘하겠다는 뜻입니다. 앞으로 두 번 다시는 이렇게 딱딱하게 격식을 차리진 않을 겁니다."

"그래, 그래야 츠바사지."

천하랑은 검 두 자루를 건넸다.

한 자루는 천하랑이 젊어서부터 사용하던 검이고 또 한 자루는 최근에 만들어진 것으로 보였다.

"받아라. 한 자루는 명화자객단주를 상징하는 검이고 다른 하나는 내가 너에게 주는 선물이다. 두 개의 직책을 수행한다는 것이 쉽지는 않겠지. 하지만 그래도 너는 중심을 잘 잡으리라 믿는다."

"감사합니다, 어르신."

이윽고 천하랑이 돌아섰고, 그 이후로 츠바사는 천하랑의 소식을 들을 수 없었다.

*   *   *

늦은 밤, 츠바사는 도쿄 뒷골목의 오래된 선술집으로 향했다.

다소 왁자지껄한 분위기의 선술집에 아주 오래된 엔카가 잔잔하게 울려 퍼지고 있었다.

디디디디딩!

아무래도 이곳은 연배가 꽤 있는 노인들을 위한 곳으로 보였다.

하지만 이런 선술집에 어울리지 않는 중년의 남녀가 츠바사를 향해 손을 흔들고 있었다.

"여기야!"

"바, 방주님?"

츠바사는 낙향한다는 소리를 듣긴 했지만 천태홍이 언제쯤 낙향을 할지 가늠할 수는 없었다.

하지만 오늘 와서 보니 그 시기를 짐작할 수 있을 것 같았다.

연태실이 츠바사를 바라보며 멋쩍게 웃었다.

"미안하이. 내가 조금 주책을 부렸어."

"아닙니다. 조금 놀랐을 뿐 주책이라고는 생각하지 않습니다."

"그리 생각해 주니 고맙군."

천태홍이 츠바사의 잔에 술을 따라주며 말했다.

"오늘 내가 이곳에 나타나서 놀랐느냐?"

"예, 방주님. 솔직히 놀랐습니다."

"그래, 놀랄 만도 하겠지."

그는 츠바사에게 자신의 앞으로의 행보에 대해서 말했다.

"이제 곧 은퇴할 생각이다. 네 두 외숙이 명화방을 잘 이끌 것이라고 확신하거든. 그리고 나머지 후기지수도 힘든 시기를 거치면서 많이 성숙해졌어."

"…그렇군요."

"물론 집안의 어른들이 변을 당하는 바람에 장로들이 한 명도 남지 않게 된다는 것을 안다. 하지만 에메랄드 연합과 함께 손을 잡고 잘 헤쳐 나갈 것이라고 믿는다. 무엇보다 무림연맹이 버티고 있으니 앞으로 방이 흔들리는 일은 절대로 없겠지."

천태홍은 연태실의 손을 잡았다.

"츠바사야, 나와 태실은 아주 오래된 인연이란다. 젊어서 정을 통했지만 서로의 사문 때문에 이뤄지지 못했지."

"전해 들어서 알고 있습니다."

"그래, 이제는 공공연한 비밀이 되었지. 하지만 이제는 그것을 숨기지 않아도 될 시기가 왔어. 우리는 그 시간을 고통 속에서 살아왔어. 이제는 그 고통을 조금이나마 보상받아도 된다고 생각한다."

츠바사는 그의 의견에 동조하였다.

"맞습니다. 어르신의 말씀이 맞습니다."

"그래서 말인데, 아미파의 장로 중에서 한 사람을 장문으로 정하려 한다."

그는 장로들 중에서 40대 초반의 젊은 장로를 지목했다.

"목희란. 이제 막 장로의 반열에 오른 젊은 고수란다. 이 사람을 장문으로 지정하고 우리는 떠날 것이야."

"으음, 그렇군요. 한데 저에게 왜 이런 얘기를……."

"너도 알다시피 아미파의 장문은 결혼을 해야 해. 후계 구

도와는 별개로 아미파의 장문은 안정적인 기반을 바탕으로 회사를 이끌어야 하기 때문에 남편의 외조가 필요하니까."

아미파가 AM그룹을 세우고 난 후 아미파의 장문은 반드시 결혼을 하여 자신만의 세력을 구축해야 했다.

이것은 장문 본인이 정략을 내세워 문파를 강성하게 만들어야 했기에 생긴 신종 풍습이었다.

"주원이가 아직 혼자잖니. 앞으로 부방주로서 책임이 막중한데 이 두 사람이 맺어지면 아마 서로 좋은 효과가 생길 거야."

"그러니까 중매를 서라는 말씀이시군요."

"그래. 너와 태하가 중매를 종용하면 주원이도 마지못해 선을 볼 것이다. 다른 것은 몰라도 너희들이 주원이와 친하지 않느냐?"

"흠, 그렇긴 합니다만 삼촌이 워낙 한량 기질이 강해서……."

"괜찮아. 한 여자에게 안착하면 잘할 스타일이야."

츠바사는 천태홍의 오랜 소원을 들어주기로 했다.

"알겠습니다. 수일 내로 다리를 놓아보겠습니다."

"고마워. 내가 사손자의 덕을 보겠구나."

"덕이라니요. 당치도 않습니다."

천태홍과 연태실은 서로를 바라보며 미소를 지었다.

"됐어. 이제 우리도 마음 놓고 낙향을 할 수 있겠어."

"그러게요. 오라버니, 이제는 행복하게 잘 살아요."

뒤늦은 결합이지만 황혼에 행복을 되찾다니 츠바사는 덩달아 기분이 좋아졌다.

*　　　　*　　　　*

중국 상하이에 명화방 부방주로 추대된 장주원과 아미파 차기 방주인 목희란과의 맞선 자리가 마련되었다.

팅, 팅, 팅.

문어 모양의 풍령이 흔들리고 있는 강변의 작은 카페에서 만난 두 사람은 어색한 미소를 짓고 있었다.

목희란은 불혹을 넘긴 지금까지 남자를 만나본 적이 없는 터라 이 자리가 무척이나 낯설고 불편했다.

그런 마음을 잘 알고 있는 장주원이기에 어색함을 풀어주려 농담을 건넸다.

"꼬맹이들이 선 자리를 주선했다기에 별 기대를 안 했습니다만, 워낙 미녀가 나오셔서 제가 너무 경직되는군요."

"미, 미녀라니… 이제는 퇴물 소리를 듣는 나이인걸요."

"아닙니다. 이런 미색을 제가 어디에서 감히 찾아보겠습니까? 좋은 인연이 되지 않아도 당신과 차 한 잔 마셨다는 것은 크나큰 영광으로 남을 겁니다."

"말씀이라도 고맙네요."

장주원은 이런 상황이 도래할 것을 미리 예견하여 선물을 준비하였다.

그녀가 평소 여성스럽고 섬세한 성격이라는 것을 사전에 조사한 그는 귀여운 푸들이 그려진 키홀더를 마련하였다.

"받으십시오."

"어머나, 이게 뭐예요?"

"그냥 어울리실 것 같아서 오다가 샀습니다. 그리 큰 것은 아니지만 기쁘게 받아주셨으면 좋겠습니다."

"예쁘네요. 감사해요."

"별말씀을. 마음에 드십니까?"

"네, 너무나요!"

선물 하나에 그녀의 어색함이 많이 달아난 것 같았다.

장주원은 목희란에게 식사를 제안했다.

"차만 마시긴 좀 그러니까 식사라도 함께 하실까요?"

"그래요. 좋아하는 것이 있으신가요?"

"저는 화려한 것보다는 단출한 것을 좋아합니다. 식사는 편안해야 하니까요."

"저도 그래요. 기왕이면 가정식이 좋겠는데."

"으음, 가정식 좋지요."

그녀는 장주원에게 자신이 잘 아는 단골집을 소개하기로
했다.

"중국까지 오셨으니 제가 대접할게요. 그리 대단한 요리는
아니지만 제가 어려서부터 다니던 맛집이에요."

"으음, 맛집이라……. 로컬푸드는 언제나 흥미로움으로 다가
오지요."

"그럼 자리를 슬슬 옮길까요?"

"그러시죠."

자리에서 일어선 두 사람은 카페를 나와 천천히 걸으며 서
로에 대해 조금씩 알아가기로 했다.

그녀는 장주원의 과거에 대해 물었다.

"듣자 하니 정보 조직을 이끌던 분이라고 히더군요."

"그냥 작은 사조직입니다. 그리 대단한 곳은 아니에요."

"그래도 그런 카리스마를 가시고 게시더니 대단하세요."

"하하, 정말 별것 아닙니다. 사업을 한 사람이라서 정보가
필요해 만든 것뿐입니다."

"사업을 하셨군요. 몰랐네요."

"비공식적으로 회장을 역임했지요. 지금은 명화방에 흡수
되어 계열사로 합병되었습니다."

목희란은 마치 너무나 먼 얘기를 듣는 소녀처럼 눈을 반짝
였다.

"개인 사업으로 그렇게 대단한 조직까지 만드셨다니 존경심이 드네요."

"하하, 이것 참, 너무 띄워주시니 어떻게 웃어야 할지 모르겠네요. 잘못 웃으면 팔푼이처럼 보일 것 같아서요."

"호호, 팔푼이라니요. 그렇지 않아요."

그녀는 자신이 꿈꾸는 남편 상에 대하여 설명했다.

"저는 어려서부터 자상하고 사려 깊은 남자를 꿈꿔왔어요. 하지만 지금은 저를 이끌어줄 수 있는 리더십 있는 남자가 좋아요. 위기관리 능력도 뛰어나고 수완도 좋은 그런 남자요."

"으음, 쉽지 않은 덕목인데요?"

"그, 그런가요? 저는 부방주님이 그런 사람이라고……."

장주원은 짐짓 놀라는 척을 했다.

"허어, 제가 그 정도였나요?"

"그 이상이죠."

"이것 참 영광인데요?"

그녀는 리액션도 좋고 대화에 끊임이 없는 장주원에게 약간의 불안함을 느꼈다.

누군가 말하길 '말을 잘하는 남자는 모두 선수다'라고 했기 때문이다.

"여자를 많이 만나보신 모양이군요."

"제, 제가요?"

"그냥 그런 생각이 들어서⋯⋯."

장주원은 선 자리에 나온 만큼 숨기는 것이 없어야 한다고 생각했다.

"뭐, 아주 없지는 않았지요. 어려서부터 돌아다니는 것을 좋아해서 방방곡곡 다 쏘다녔거든요."

"그렇군요."

"여자의 경험이 있는 남자는 별로인가요?"

"그렇다기보다는 제가 경험이 없어서 부담이 될 것 같네요."

그는 고개를 저었다.

"그렇지 않습니다. 여자의 경험이 있다는 것은 경험일 뿐 새로운 사람을 만날 때엔 그만큼의 긴장감과 두려움이 앞서곤 하죠."

"그런가요?"

"사람은 적응의 동물이라고 하지요. 하지만 새로운 인연을 만드는 것은 결코 적응이 되지 않습니다. 다만, 자신의 부속한 부분을 조금 더 잘 안다는 장점은 있겠죠."

"으음, 그렇군요."

장주원은 자신이 지금 느끼고 있는 것을 아주 솔직히 털어놓았다.

"이실직고하자면 상당히 떨립니다."

"떨려요?"

"행여나 제가 실수를 하지는 않을까, 혹은 첫 만남부터 퇴짜를 맞지는 않을까, 뭐 이런 생각에 떨려오는 것 같네요."

"저와 별반 다르지 않네요?"

"사람은 다 거기서 거기입니다. 다만, 개인의 성향 차이는 있겠지요."

"흠, 그렇군요."

그녀는 스르르 미소를 지었다.

"일이야 어찌 되었든 간에 솔직한 얘기를 듣고 나니 마음이 좀 편해지네요."

"그렇다면 다행이군요."

"어쩐지 느낌도 좋아요. 뭐랄까, 막힘없는 고속도로를 달리는 느낌이라고 할까요?"

"하하, 좋은 징조인데요? 그만큼 저를 좋게 보셨다는 것 아닙니까?"

"그렇지요."

"저도 덩달아 기분이 좋아지네요. 약간은 긴장된 마음이 풀리는 것 같거든요."

"다행이에요."

두 사람은 의외로 통하는 구석이 있는 모양이다.

아마 이대로 큰 실수만 하지 않는다면 정략이 성사되는 것은 문제가 아닐 것 같았다.

                    *   *   *

　무림연맹이 창설된 지 100년이 지났다.

　한 세기 동안 무림연맹은 세계의 질서를 유지해 왔고, 그 조직의 세세한 문제들을 하나둘씩 해결해 왔다.

　덕분에 인류는 눈부신 도약을 거듭하여 유례없는 태평성대를 이룩해 나가고 있었다.

　쏴아아아!

　태하는 파도가 몰아치고 있는 신선도의 입구에 섰다.

　공력의 한계를 뛰어넘어 선기를 다룰 수 있는 경지가 된 태하는 신선도의 입구가 열리는 곳 역시 찾아낼 수 있는 능력이 생긴 것이다.

　100년이라는 시긴 동안 인류에 헌신하면서 살아온 태하는 10년에 한 번씩 이곳을 찾아왔다.

　이곳은 이제 태하의 쉼터가 되었고 위로를 받는 공간이 되었다.

　그는 또다시 속세로 돌아갈 준비를 했다.

　"이렇게 또 10년이 가는구나."

　1년을 10년같이 살아온 태하는 앞으로의 10년 역시 아주 더디게 지나갈 것이라고 생각했다.

아마 그는 그렇게 외로운 10년을 또 보내고 다시 신선도로 되돌아 올 것이다.

이렇듯 쳇바퀴가 돌 듯 인류는 또 발전을 할 것이고, 태하는 그 모습을 지켜보면서 또 다른 10년을 준비할 것이다.

"인생이 덧없구나."

태하가 인생의 허망함을 느끼고 있을 무렵, 신선도의 문이 열렸다.

지이이이잉!

순간, 태하는 자신의 눈을 의심했다.

"무, 문이 열렸어?!"

저 문 너머에는 아마도 태하 외엔 아무도 없는 혼자만의 지상낙원이 펼쳐져 있을 것이다.

하지만 저곳을 넘어가면 아마 다시는 돌아오기 힘들지도 모른다.

"아직 후계자를 정하지도 못했고 내가 없는 연맹이 잘 돌아갈지 어떨지도 알 수 없는데……."

태하는 자신이 두고 온 사람들을 걱정하였다.

그러나 그의 걱정은 어쩌면 너무나도 부질없는 것인지도 몰랐다.

"인간은 또 그렇게 위기를 극복해 나가겠지. 만약 실패한다면 인류의 운명도 거기서 끝인지도 몰라."

태하는 과감히 자신의 모든 것을 버렸다.

끼이이이잉!

순간, 그의 몸을 감싸고 있던 세상의 탁기가 가시면서 피가 거꾸로 한 바퀴 돌았다.

"쿨럭!"

온몸에 있는 구멍이란 구멍이 다 벌어져 피를 뿜어내며 본래 그가 가지고 있던 체액이 모두 쏟아져 나왔다.

그리고 그의 몸은 오로지 선기로만 이뤄진 새로운 피로 가득 차기 시작했다.

태하는 자신의 신체가 인간으로서의 껍데기를 벗고 또 다른 무언가로 변했다는 것을 느낄 수 있었다.

"이건……."

"우화등선은 못 해도 신선도의 주민이 될 준비는 모두 끝나셨네요."

순간 태하가 뒤를 돌아보자 싱그러운 미소를 짓고 있는 청림이 서 있다.

태하는 천천히 청림을 향해 다가갔다.

"사, 살아 있었네?"

"당연하죠. 저는 신수인걸요."

그녀는 태하가 이제는 인간으로 되돌아갈 수 없다고 단언하였다.

"인간의 육신을 벗었으니 두 번 다시 속세로 나아갈 수 없어요. 다만, 선택지가 있다면 시간을 되돌려 다시 인간이 되는 것이죠. 대신 그렇게 되면 두 번 다시 신선도에는 들어올 수 없을 겁니다."

태하는 고개를 저었다.

"아니, 난 이곳에 머물고 싶어."

"세상이 어떻게 변하는지, 또 어떤 일이 생기는지 알 수가 없을 텐데요?"

"상관없어. 그 정도 했으면 많이 한 것 아니야? 앞으로 무슨 일이 생기든 이제는 내 알 바 아니지. 부모님의 원수도 다 갚았잖아."

그는 청림의 손을 잡았다.

"이제 인간이 아니니까 맺어질 수도 있는 건가?"

"그럴지도 모르죠."

"이곳에서 나를 기다렸어?"

"100년 동안요."

"속세에서의 100년은……."

속세의 한 달이 신선도에서는 10년이니 그녀는 인간으로선 상상조차 할 수 없는 시간 동안 태하를 기다린 것이다.

"…미련하구나."

"그럴지도 모르죠. 하지만 지루하진 않았어요. 언젠가는 오

라버니가 이곳으로 오지 않을까 하고 기대했거든요. 그 희망
이 저를 지탱해 준 것이죠."

그는 잡은 손을 더욱 꼭 쥐었다.

"앞으론 어떤 일이 있어도 이 손을 놓지 않을게."

"약속할 수 있어요?"

"물론이지."

"제가 바퀴벌레가 되어도?"

"무슨 상관이야?"

그녀는 태하의 어깨에 머리를 기댔다.

스르르 감기는 그녀의 눈동자에서 눈물이 한 방울 떨어졌
다.

"…좋네요. 이 순간을 얼마나 기다렸는지 오라버니는 아마
모르실 거네요."

"미안해. 너무 늦어서."

두 사람은 한동안 그 자리에 서서 지는 해를 바라보았다.

*　　　　*　　　　*

신선도의 시간이 500년을 흘러 선명이 지상으로 내려올 때
가 되었다.

지이이이잉!

하늘의 문이 열리며 선명과 선녀들이 함께 신선도의 땅을 밟았다.

선명은 신선도 앞바다를 부유하고 있는 작은 배를 한 척 발견하였다.

그는 슬그머니 미소를 지었다.

"오호라, 녀석이 드디어 우화등선을 한 것인가?"

"우화등선이요? 저번에 말씀하신 그 인간 말인가요?"

"그래. 인간 세상에서 생고생을 하고 들어와 10년간 지내고 간 녀석 말이야."

"자질이 있다고 말씀하셨는데 정말 우화등선할 줄을 몰랐네요."

선녀들이 저 멀리 보이는 태하를 바라보며 물었다.

"데리고 올라가실 건가요?"

그는 고개를 저었다.

"아니야. 이미 짝을 지어 이곳에서 살고 있는데 어떻게 데리고 올라가겠나?"

"용왕의 딸과 신선이 맺어졌다니 이걸 경사라고 해야 할까요?"

"경사지. 원래 용왕도 신선이었으니까."

선명은 다시 하늘로 올라가기로 했다.

"가자."

"벌써요?"

"다른 신선도를 만들어야겠어."

"그럼 이곳은요?"

"보상이라고나 할까?"

선녀들이 고개를 좌우로 내저었다.

"하여간 감성적이라니까."

"가끔씩 잘 살고 있는 모습만 보면 그걸로 족해."

"뭐, 그렇게 하세요."

선명은 이곳을 떠나기 전에 선물을 하나 내려주기로 했다.

"앞으로 평생을 살아야 할 텐데 뭔가 재미있는 것을 내려줘야 하지 않겠어?"

"재미있는 것이요?"

"혹시 마법이라고 들어봤니?"

"마법이요? 그건 선계의 반대편에 있는 마족들이 쓰는 도술 같은 것 아닌가요?"

"맞아. 선기와는 또 다른 마법이라는 것을 내려주면 과연 어떻게 발전할지 궁금하군."

선명은 사람 몸통만 한 책 50권을 신선도 곳곳에 숨겨두고 그 앞에 마족의 영토와 통하는 아공간을 뚫었다.

<u>스스스스스!</u>

"마법은 괴수의 부산물을 재료로 하니 사냥하고 수집하는

재미가 쏠쏠할 거야. 그리고 언젠가는 이 아공간을 막을 수 있는 능력을 지니게 되겠지."

"끝도 없는 성장의 숙제를 내주시는군요."

"어차피 죽지도 않는 놈들인데 이 정도 재미는 있어야 하지 않겠나?"

"뭐, 그것도 나쁘지는 않네요."

선명은 이제 두 번째 숙제를 내주곤 다시 우화등선하여 제2의 신선도를 찾아 떠났다.

외전

휘이이잉!

명화장원에 다소 을씨년스러운 분위기가 감돈다.

날씨는 아직 여름의 뜨거운 햇살이 가시지 않았지만 개방과 명화방의 팽팽한 대립으로 인해 분위기가 바싹 얼어붙어 있던 것이다.

명화는 결코 만만치 않은 상대를 만났다고 생각했다.

'홍치일이라……. 들어본 적이 있는 것 같기도 하고.'

사실 개방은 현존하는 그 어떤 무인 집단보다 훨씬 더 강성한 세력을 구축하고 있었기 때문에 무력으로는 따라올 문파가 없었다.

그렇지만 워낙 점조직의 형태로 되어 있는데다 개방의 기본 이념이 '존재하지만 군림하지 않는다'이기 때문에 단 한 번도 힘자랑을 한 적이 없었다.

다만 던전을 점령하기 위한 알력 다툼이 일어났을 때엔 사력을 다하기 때문에 그들의 위력은 세상 모두가 잘 알고 있었다.

명화는 홍치일이 이렇게 젊은 나이에 장로직을 맡고 있는 데엔 다 이유가 있다고 생각했다.

'안일하게 생각하면 오늘 나의 목숨 줄이 끊어지겠구나.'

그는 약산은 경직된 모습으로 일권을 뻗었다.

"건곤일식, 묵호장린!"

명화방의 께끼듣음 기명제자도 아닌 명화가 뻗은 권이 그 어떤 누구의 권보다 정교하다는 것을 인정할 수밖에 없었다.

처음엔 어깨너머로, 그다음엔 그저 책 몇 권을 읽은 것이 전부였지만 명화의 경지는 경탄을 이끌어내기에 충분했다.

쉬이이이익!

검은색 호랑이가 장중한 일격을 취하듯 신묘하고 날렵하게 권이 전개되어 홍치일의 신형을 때렸다.

파앙!

하지만 홍치일은 그것을 아주 가볍게 옆으로 흘려냈다.

휘릭!

이윽고 이어지는 칠상비룡쇄의 화려한 봉법이 명화의 머리를 노리고 들어왔다.

부우우웅!

흔들리는 봉의 형상이 일곱 마리의 용이 뒤엉켜 승천하는 듯한 모습을 자아냈고, 그 끝에 황색 진기가 어려 명화를 위협하였다.

쉬이익!

내지르듯 휘두르는 일격을 피해낸 명화는 곧바로 신일수라장을 전개하였다.

"허업!"

신형을 두 바퀴 회전시켜 팔꿈치로 내가진기를 출수시키는 신일수라장은 공격과 방어를 동시에 펼치는 진기였다.

그러나 칠상비룡쇄의 전개는 끝난 것이 아니었다.

제2수가 뻗어 나올 때, 꼬리에 불을 매단 맹렬한 화룡이 용솟음치듯 홍치일의 신형이 승천해 올라갔다.

파바바밧!

명화는 자칫 잘못하면 턱에 불덩어리를 맞을 뻔하였다.

"허엇!"

그는 재빨리 수를 거두고 방어에 집중하였다.

콰앙!

두 팔로 얼굴을 감싸긴 했지만 칠상비룡쇄의 일격은 생각보다 더 강렬하였다.

얼얼한 두 팔을 떼어 앞을 바라본 명화에게 칠상비룡쇄의 세 번째 일격이 날아들었다.

이번에는 하늘 높이 날던 그의 봉이 아래로 쏜살같이 곤두박질쳤다.

쐐에에에엥!

수려한 비늘을 가진 은룡이 쾌속 하강을 펼치더니 먹이를 노리며 입을 벌렸다.

크아아아앙!

눈을 부릅뜬 은룡의 기상은 보는 이들로 하여금 탄성을 자아내게 만들었다.

"오오!"

"젊은 청년의 경지라곤 전혀 믿겨지지 않는 그림이나! 역시 개방은 다르군!"

명화는 이 일격에 맞으면 자신의 몸이 바스러질 것이라고 확신하였다.

그는 한꺼번에 내가진기를 폭발시켜 거대한 구체를 만들어냈다.

"구옥신장!"

쿠구구구구구궁!

화경의 경지를 넘어서야만 익힐 수 있는 구옥신장은 건곤일식의 상승무공이다.

구옥신장의 경서는 명화방에선 흔히 찾아볼 수 있는 물건이지만 이것을 제대로 익힌 사람은 좀처럼 찾아볼 수가 없었다.

명화방의 제자들은 쇠망치로 머리를 얻어맞은 듯 딱딱하게 얼어붙었다.

"객식구로 들어온 속가제자가 구옥신장을 극성으로……?!"

"대단하다! 저 남자의 한계는 도대체 어디란 말인가!"

구옥신장은 인간의 한계를 돌파시켜 주는 좋은 수단으로써 무인이 가진 공력을 1.5배 높여준다.

이것은 구옥신장이 공기 중의 내가진기를 일시적으로 끌어다 쓰기 때문인데, 제대로 익힌 사람이 이것을 극성으로 쓰면 현경의 경지를 가진 장력을 낼 수 있다.

쿠그그그, 콰앙!

칠상비룡쇄가 깨지면서 홍치일은 구옥신장의 검붉은 진기에 몸통을 내어줄 수밖에 없었다.

퍼어어엉!

"크허어억!"

단 일 수에 무려 100미터나 되는 거리를 나가떨어진 홍치일은 그대로 명화장원의 벽에 처박히고 말았다.

쿠우우웅!

홍치일은 흙먼지와 함께 한 움큼 피를 게워냈다.

"우웨에에에엑!"

작은 내장 조각까지 떨어져 나온 것을 보니 그의 내상이 꽤 깊은 듯하다.

그러나 그는 다시 자리에서 벌떡 일어섰다.

"후우, 속가제자라더니 그 경지가 어지간한 가명제자보다 훨씬 나은 듯하군요. 이렇게 강력한 장법이라니."

"이곳의 무공이 그만큼 신묘하다는 뜻 아니겠습니까?"

홍치일은 봉을 집어 던지고 손등이 바닥을 향하게 하여 주먹을 쥐었다.

척!

개방의 비숭전기인 취팔선권이다.

"권에는 권으로 답해야 하는 법."

"으음, 그렇다면 저 역시 제대로 익힌 권으로 화답하겠습니다."

그는 고개를 돌려 장수원을 바라보았다.

"대사형, 제 사문의 권을 써도 되겠습니까?"

"뜻대로 하시오."

명화는 사성권의 성세를 밟았다.

스으윽.

명화방의 제자들과 개방의 제자들이 일제히 명화의 성세로 시선을 쏟았다.

"저것이 바로……."

"제대로 된 사성권을 구경할 수 있을 것 같은 느낌이 드는 군."

명화가 먼저 신형을 뻗었다.

쉬이이익!

미끄러지듯 앞으로 나아가는 그를 향해 홍치일이 비틀거리듯 보법을 밟았다.

갈지자를 그리면서 걷는 폼이 꼭 술에 취한 사람 같았지만 그 보법과 연계된 권법에는 무시무시한 힘이 숨겨져 있었다.

스스스, 팟!

명화의 일권이 홍치일의 명치를 노렸다.

정말 군더더기 하나 없이 아주 정직하게 뻗은 징권이었지만 홍치일은 흠칫 놀랐다.

그의 주먹이 파고드는 깊이가 너무나도 깊었기 때문이다.

'품을 파고들어 나를 벽면으로 밀어붙일 생각인가?'

홍치일은 곧장 바닥에 드러누워 버렸다.

털썩!

명화방의 제자들이 고개를 갸웃거렸다.

"저게 뭐야?"

"이 세상에 누워서 싸우는 사람도 다 있나?"

명화는 다짜고짜 드러눕는 홍치일을 향해 당혹스러운 눈빛을 했다.

홍치일이 스르르 미소를 지었다.

"와룡타공!"

바닥에 누워 있던 홍치일이 두 다리를 곧게 펴서 마치 풍차가 돌아가는 모양으로 신형을 돌렸다.

붕붕붕붕붕!

한차례 소용돌이를 만들어낸 그의 신형이 황색 내가진기를 머금고 명화의 몸에 살며시 닿았다.

그러자 그의 놈이 180도 돌이 저 멀리 나가떨어졌다.

퍼억!

"크으으흑!"

"저, 저게 뭐야?!"

"후후, 모자란 놈들 같으니. 이게 바로 취팔선권의 오의인 와룡타공이다!"

명화방의 제자들은 설마하니 누워서 무공을 펼치는 일이 있을까 싶어서 반신반의했다가 크게 경악했다.

"마, 말도 안 되는 무공이다!"

이내 회전을 멈춘 홍치일이 좌우로 비틀거리며 다가왔다.

스윽, 스윽!

마치 품에 항아리를 하나 안은 것처럼 팔을 원형으로 잡으며 걸어온 홍치일이 쓰러져 있는 명화의 위에 곧바로 누워버렸다.

"허업!"

콰지지지지직!

황색 뇌전이 일어나 홍치일의 팔꿈치에 가공할 만한 공력을 불어넣었다.

그는 이제 싸움이 끝났다고 생각했다.

'승리했다!'

쉬이이이익!

명화방의 제자들은 눈을 질끈 감았다.

"으으……!"

하지만 바로 그때, 놀라운 일이 벌어졌다.

턱!

홍치일의 팔이 명화의 두 팔에 잡혀 신형이 좌로 갸우뚱한 것이다.

"허, 허억!"

신형이 미끄러져 명화의 품으로 떨어진 홍치일의 목덜미에 명화의 두 다리가 걸쇠처럼 척 걸쳐졌다.

이윽고 명화는 그의 목덜미를 두 허벅지로 강하게 압박하기 시작했다.

꽈드드드득!

"커허억!"

"저, 저건 또 뭐야?!"

"술기의 일종인 것 같은데?"

사성권의 술기는 세간에 잘 알려지지 않았지만 분명히 그 맥락이 존재하고 있었으며, 역대 사성회의 고수 중에서도 아주 일부만 그것을 사용하였다.

술기는 적을 품으로 끌어들여야 하는 무공이기 때문에 내공을 다루는 싸움에선 적합하지 않다고 여겨진 것이다.

때문에 사성회 내부에서도 술기는 거의 다 사라지고 몇 가지만 남은 상태였는데, 명화는 고문서를 뒤져 그 가닥을 다시 잡아내어 완벽하게 자신의 것으로 만든 것이다.

사성권의 술기 천함사집에 걸려 홍치일은 서서히 의식이 흐려지는 것을 느꼈다.

'이대로라면 내가 죽는다!'

그는 필사적으로 몸을 돌려 명화의 두 다리를 뽑아냈다.

"으으으으윽!"

하지만 명화는 이미 예상했다는 듯 곧바로 자세를 바꾸어 홍치일의 몸통에 두 다리를 감았다.

오히려 그가 몸을 돌린 것이 몸통을 내어주는 빌미를 제공한 것이다.

명화는 오른팔로 홍치일의 목덜미를 낚아채고 왼팔로 오른손목을 꽉 틀어쥐어 올가미를 만들었다.

뚜두두두둑!

"크허어어억!"

"배, 뱀이다! 마치 먹이를 노리는 뱀을 보는 것 같아!"

사성권의 술기가 이렇게 지독하고 끈질긴 무공이라는 것을 모르고 있던 홍치일은 자신의 패배가 가까워져 왔다는 것을 느꼈다.

하지만 그는 결코 패배를 인정할 수가 없었다.

그는 명화의 안면으로 박치기를 날렸다.

퍽!

"커흐윽!"

코뼈가 아릴 정도로 세게 박치기를 얻어맞은 명화의 손이 아주 살짝 풀렸다.

그러자 홍치일이 허리를 좌우로 흔들어 명화의 두 발을 몸통에서 떨어뜨렸다.

명화는 퉁퉁 부어오른 코를 부여잡으며 외쳤다.

"……투지가 대단하군! 하지만 그 투지도 여기까지입니다!"

그는 홍치일의 왼팔과 목덜미를 싸잡아 엮어 그것을 양쪽 허벅지로 압박하였다.

휘리리리릭!

마치 구렁이가 담을 넘듯 자연스럽게 자세를 잡은 명화의 술기는 눈앞이 아찔한 홍치일을 완벽하게 옭아맸다.

턱!

"제, 제기랄!"

"잘 가십시오!"

명화는 사성신공의 진기를 극성으로 끌어내어 허벅지에 집중시켰다.

스스스스스!

그러자 그의 허벅지가 강철처럼 단단해져 홍치일의 경동맥을 압박하기 시작했다.

꽈드드드드득!

"쿨럭쿨럭!"

순식간에 얼굴이 잿빛으로 변해 버린 홍치일이 서서히 의식을 잃어갔다.

"아아……!"

순간, 개방의 장로들이 명화에게로 달려왔다.

"그만!"

명화는 홍치일을 압박하느라 개방 장로들의 장을 제대로 막아내지 못했다.

퍼어억!

"크어어억!"

"형님!"

장주원이 달려 나와 심장을 토해내듯 외쳤다.

"이런 치사한……! 이게 지금 뭐 하는 짓입니까?! 정당한 승부에서 목숨을 잃는 것은 당연한 일이라는 것을 모르시는 겁니까?!"

"아무리 그래도 개방의 장로가 이렇게 허망하게 죽어가는 꼴을 가만히 두고 볼 수는 없잖소?"

"그렇다고 승부를 내고 있는 사람을 쥐어 패는 법이 어디 있습니까?!"

홍치일은 이미 의식을 잃어 축 늘어져 있었지만 명화는 옆구리가 약간 아릴 뿐 큰 타격을 입지는 않았다.

그는 장주원을 만류하였다.

"그만, 이 정도면 됐어."

"혀, 형님! 하지만 끝장을 낼 수 있는 일 아닙니까?!"

그는 고개를 가로저었다.

"나도 죽일 생각은 없었어. 그냥 코를 얻어맞아 열이 받았을 뿐이지."

"여, 열이 받다니요?"

"생각해 봐. 콧잔등이 퉁퉁 부울 정도로 크게 박치기를 얻어맞았으니 열이 받을 만도 하지. 이건 주먹으로 한 방 크게 맞는 것보다 훨씬 기분 나쁘다고."

장로들은 자신들의 잘못을 인정하였다.

"그래, 우리가 두서없이 장을 친 것은 잘못했네. 하지만 사람은 살리고 봐야 하지 않겠나?"

"아닙니다. 당연한 일입니다."

개방의 장로들은 자신들의 패배를 인정했다.

"우리 사문의 장로이며 장래가 촉망되는 후기지수를 구해주었으니 더 이상 무력으로 자네들을 압박하지는 않겠네."

"감사합니다."

"다만, 자네들의 어른들이 돌아오는 즉시 죄인들을 우리가 심판할 수 있도록 담판을 지을 걸세. 그때는 이렇게 무력시위를 하는 것이 아니라 정정당당하게 협상할 테니 너무 걱정하지 말게."

"예, 알겠습니다."

장로들은 명화에게 극찬을 아끼지 않았다.

"명문정파의 제자가 명화방의 편을 든다기에 모나게만 보았더니 이제 보니 그게 아니었어. 제대로 된 인물이 나겠군그래."

"과찬이십니다."

개방의 제자들은 축 늘어진 홍치일을 부축하여 명화장원을 나섰다.

그리고 승리한 명화방의 제자들이 명화에게로 우르르 달려와 헹가래를 쳤다.

"와아아아아아!"

"명화 사형, 만세!"

"하하, 이러지 말게. 내가 뭘 한 것이 있다고."

"아닙니다! 사형은 이제 우리 사문의 자랑입니다!"

명화는 수많은 사제들에게 헹가래를 받으며 명화방의 영웅으로 등극하였다.

*   *   *

한 달 후, 사냥에서 돌아온 천태홍은 사고를 저지른 제자들을 파면시키고 그들의 신변을 개방으로 넘겼다.

개방의 법도에 따라 처벌하고 싶다는 개방의 뜻을 따라 그들을 내치고 처벌의 권한을 준 것이다.

그들은 개방의 제자들에게 죽기 직전까지 돌로 얻어맞고 평생 노예처럼 염전을 일구면서 살아가게 되었다.

무공을 폐하고 거의 반폐인 상태로 염전이나 일구면서 살아가야 할 그들의 운명은 가혹했지만 선량한 시민이나 다름없는 사람을 때려죽였으니 어쩌면 당연한 벌을 받은 것이다.

이로써 명화의 명성이 전 무림으로 퍼져 나갔지만 문제는 그의 명성이 정파에서 비롯된 것이 아니라 사파로 분류되는 명화방에서 나왔다는 점이다.

이 점을 가지고 사성회와 한양 김씨 일가가 맹비난을 하고 나섰으며, 특히나 청성파와 아미파에서 명화를 마인이라며 일갈하였다.

그럼에도 불구하고 명화는 끝까지 자신은 중립이라고 소신을 지켰다.

이른 아침, 명화가 여느 때와 같이 장작을 패고 있다.

퍼억, 퍼억!

열심히 장작을 패고 있는 명화에게로 몇몇 사매가 찾아왔다.

"저, 사형."

"무슨 일인가? 이 시간엔 운공 수련을 하고 밥 먹을 준비를 해야 하는 것 아니야?"

"그 전에 이것을 사형께 드리고 싶어서……."

그녀들은 자신들이 손수 적은 편지와 자수가 놓인 수건을 건넸다.

"바, 받아주세요!"

"이건……."

"그럼 저희들은 이만……."

이제 스무 살쯤 된 그녀들은 얼굴을 붉히며 도망치듯 달려갔다.

그런 그녀들을 바라보는 명화의 얼굴에 잔잔한 미소가 피어올랐다.

"내 여동생들도 저만한 나이가 되었을 텐데."

평소 무뚝뚝하기만 한 여동생들인지라 만나봐야 별말도 안 하겠지만 그래도 그 우애가 생각보다 깊었다.

집을 나와 수련에 미쳐 살아 여동생들이 어떻게 컸는지 그저 가늠만 해보는 명화였다.

'조만간에 한번 집을 찾아가야 하는데……'

하지만 그게 쉽지 않을 것 같았다.

김씨 일가에서 그를 친일파에 매국노라면서 호적을 정리한다고 난리를 치고 있었기 때문이다.

그는 씁쓸한 눈으로 하늘을 올려다보았다.

'사부님, 이 또한 어떤 수련의 한 축이겠지요?'

명화는 다시 묵묵히 장작을 패기 시작했다.

퍽, 퍽!

그런 그에게 아주 발랄한 목소리가 들려왔다.

"사형!"

"지원 사매?"

"헤헤, 제 이름을 불러주시네요?"

"그렇게 부르라고 하지 않았어?"

"그건 그렇지요."

이제는 대사형 아래의 이사형이 된 명화는 장 씨 남매들과 형제처럼 지내는 중이다.

그녀는 살얼음이 언 홍시를 건넸다.

"이거 먹어요."

"홍시 아니야?"

"네, 창고에 있는 것을 가지고 왔어요."

"창고에 있는 것을 마구 꺼내 먹어도 괜찮아? 사부님께 혼 날 텐데?"

"헤헤, 뭐 어때요? 어차피 누가 먹어도 먹을 텐데."

"뭐, 그건 그렇지만……."

"어서 먹어요."

가만히 홍시를 바라보던 명화가 그것을 거절하였다.

"사매, 이것을 다시 가져다 놔."

"왜요? 홍시 싫어하세요?"

"아니, 홍시 좋아해. 하지만 몰래 가지고 온 홍시는 싫어해."

"에이, 그래도……."

그는 실망한 듯 고개를 푹 숙인 그녀를 어르고 달랬다.

"사매, 이것을 다시 가져다 놓으면 이따가 자유 시간에 빙수 만들어줄게."

"빙수요?!"

"보니까 저 아래 동굴에 고드름이 아직 매달려 있더라고.

거기에 내가 자주 먹는 팥 앙금을 넣고 연유를 조금 넣으면
맛이 좋아."

"오오, 좋아요!"

"그래, 어서 다시 가져다 봐."

"네!"

한껏 신이 난 그녀가 홍시를 가지고 나가려는데 이곳의 입
구를 지나던 희원과 마주쳤다.

희원이 그녀의 손에 든 홍시를 바라보며 이내 얼굴을 굳혔
다.

"지원아, 지금 그 손에 든 것은 홍시 아니야?"

"마, 맞아요."

"이젠 어린아이도 아니고 사제들도 많은데 그런 짓을 해서
되겠어? 사제들에게 본이 되지는 못할망정 서리라니 정신이
있는 거야, 없는 거야?"

"죄, 죄송해요."

명화는 그녀를 꾸짖는 희원에게 다가가 웃으며 말했다.

"하하, 사매. 너무 그러지 마. 내가 홍시를 좋아한다니 가져
다준 것뿐이야."

"…이사형께서 서리를 시켰다고요?"

"으음……."

"맞아요?"

그는 얼떨결에 고개를 끄덕였다.

"으, 응."

"실망이에요, 사형. 그렇게 안 봤는데 손버릇이 나쁘시군요."

"미안해."

"됐어요. 홍시를 아직 먹지는 않았으니 상관없겠죠. 하지만 서리를 지시하신 일은 분명 큰 죄입니다. 명화방에서 서리라니요. 이 일을 대사형께 고하고 처분을 내리도록 종용하겠어요."

"어, 언니!"

"언니라니, 사저라고 불러야지!"

"네, 네……."

"아무튼 두 사람 모두 각오하고 있어요."

찬바람이 쌩쌩 부는 그녀의 표정에서 명화는 일이 자꾸 꼬이는 느낌을 받았다.

'나를 더 미워하게 되겠군.'

어째서인지 몰라도 명화는 그녀가 자신을 잡아먹지 못해 안달이 났다고 생각했다.

물론 오늘을 기점으로 자신을 더욱 싫어하게 될 것은 자명했다.

그는 씁쓸하게 웃었다.

"하하, 사매. 이제 우리 어쩌지?"

"사형께선 왜 저를 감싸신 건가요? 그냥 저 혼자 혼나면 그만인데."

"미안해. 내가 일을 키우고 말았네."

"아니에요. 오히려 기뻐요. 사형이 저를 그만큼 생각해 주신다는 거잖아요?"

"뭐, 어쩌다 보니 그렇게 된 거야. 물론 내가 사매를 좋아하는 것은 사실이지만 말이야."

순간, 그녀가 반색하며 펄쩍 뛰었다.

"어머, 정말요?! 사형이 나를 좋아한다고요?!"

"물론이지. 사매도 좋아하고 대사형도 좋아하고 주원 사제도 좋아하고 말이야."

다소 싱거운 그의 고백에 지원이 어깨를 축 늘어뜨렸다.

"난 또 뭐라고. 사형은 그냥 박애주의자군요?"

"그런 소리를 가끔 들어."

"하긴, 명화장원에 사는 개나 고양이, 심지어는 다람쥐까지 사형을 좋아하죠. 사형도 그들을 좋아하고요."

"잘 아네."

"…피, 실망이야!"

"어째서?"

그녀는 한숨을 푹 내쉬었다.

"휴우, 내가 차라리 장승이랑 대화를 하고 말지."

"……?"

"어쨌든 간에 일이 이렇게 되었으니 홍시는 그냥 먹죠."

"그래도 되나?"

"어차피 훔친 것이 되었고 욕까지 바가지로 먹었는데 홍시라도 먹어야죠."

지원은 홍시를 크게 한 입 베어먹었다.

츄릅!

"오오! 좋은데요?!"

"그, 그래?"

"사형두 먹어요. 아아!"

"아아……."

명화가 입을 떡 벌리고 홍시를 한 입 베어 물려는데 어디선가 날카로운 목소리가 들려온다.

"두 사람!"

"허, 허억!"

"홍시를 가져다 놓는다고 하지 않았어요?!"

"그, 그게……."

"정말 실망이네요, 사형! 사람 그렇게 안 봤는데……!"

"사, 사매!"

희원이 돌아가지 않고 두 사람을 지켜보고 있던 모양이다.

그녀는 씩씩거리며 돌아서 성큼성큼 걸어갔다.

"아주 물고를 내주라고 해야지!"

순간, 명화와 지원의 얼굴이 서로를 향했다.

이제 완전히 공범이 된 두 사람은 서로를 바라보며 너털웃음을 터뜨렸다.

"하하하!"

"쿡쿡쿡!"

"…이젠 어쩌지?"

"그러게요."

명화는 이내 어깨를 쭉 폈다.

"뭐, 어때? 매를 맞아도 둘이 맞으면 좀 낫겠지."

"헤헤, 그렇죠?"

두 사람은 남은 홍시를 마저 다 먹어치워 버렸다.

＊　　　　＊　　　　＊

명화방의 대나무 숲에 바람이 불어온다.

휘이이잉!

약간은 후덥지근한 늦여름의 열기를 식혀줄 바람이 불어와 희원의 머리카락을 들어 올렸다.

그녀는 바람에 나풀거리는 머리카락을 조금은 신경질적으

로 다듬었다.

"…기껏 신경 써서 만들었더니."

희원은 자신의 주머니에 꼬깃꼬깃 자리 잡은 자수를 만지작거렸다.

남녀가 달밤에 밀회를 갖는 모습을 자수로 그려 넣은 그녀는 자신의 마음을 에둘러 표현하였다.

대놓고 연애 감정을 표현하긴 힘드니 수줍은 남녀가 밀회하는 장면으로 만나고 싶은 마음을 표현한 것이다.

이 마음을 받아주었으면 하는 사람은 바로 명화였다.

사실 그녀는 처음 명화를 봤을 때부터 가슴이 마구 뛰어서 얼굴에 홍조가 일어 혼이 났었다.

하지만 워낙 붙임성이 없고 내성적인 성격에 명화를 좋아한다고 표현은 못 하고 매일 쌀쌀맞게 굴기 일쑤였다.

더군다나 이번 개방 사건이 터지면서 그녀의 마음은 더욱 깊어졌다.

명화는 멸문지화의 사건이 가져다준 모든 위기를 혼자서 극복해 내고 사문과 집안에서 파면당할 위기에 놓여 있었다.

옳은 일을 해놓고도 비난을 받고 지탄을 등에 짊어진 그의 마음은 무겁겠지만 명화는 언제나 밝았다.

그런 그의 꿋꿋함과 강인함은 그녀의 가슴에 열정이라는 기름을 부어 다시 한 번 정진할 수 있는 기회를 주었다.

또한 그에 대한 사모의 감정이 커져서 더 이상 숨길 수 없는 지경에 이르게 되었다.

이제 그 마음을 슬슬 표현하기 위해 찾아갔지만 명화는 항상 여자들에게 둘러싸여 있었다.

매일 사매들에게 편지와 선물을 받고 심지어는 그에게 주려고 홍시를 서리한 지원까지 있어 도저히 끼어들 틈이 없었다.

사실 오늘 그녀가 홍시를 서리했다고 나무란 것은 스스로 다가갈 용기가 나지 않음을 속으로 욕한 것이다.

그런 과격한 감정이 밖으로 표출되어 한껏 난리를 친 것이다.

특히나 자신의 동생인 지원이 명화와 친하게 지내는 것이 몹시 샘나서 견딜 수가 없었다.

그녀는 주머니에 있는 자수를 꺼내어 불태워 버렸다.

화르르륵!

"이런 것을 만들면 뭐해? 어차피 사형은 지원이에게 푹 빠져 있는데."

희원이 시무룩해져 걸어가고 있을 무렵, 그녀의 뒤로 신형이 하나 날아들었다.

파바바밧!

순간, 그녀는 뒤돌아서며 검을 뽑았다.

스르릉!

"…누구냐?!"

"사매, 나야."

"명화 사형?"

"어디 갔다 했더니 이곳에 있었군."

그녀는 명화가 자신을 몰래 찾아왔다는 것에 가슴이 미친 듯이 뛰었다.

두근두근!

'가만, 그만 뛰어!'

뛰는 가슴을 진정시키기 위해 그녀는 일부러 화난 척 말을 툭 내뱉었다.

"…무슨 할 말이라도 있으십니까?"

"응, 할 말이 있어서 왔어."

그는 희원에게 깊이 고개를 숙였다.

"지원 사매가 잘못한 일을 눈감아주었으면 좋겠어."

순간, 뛰던 가슴이 싸늘하게 식어버렸다.

그는 자신보다 항렬이 낮은 자신에게 고개를 숙이면서까지 지원을 두둔하고 나섰다.

"내가 시켜서 훔친 것이니 벌은 나 혼자서 받을게. 그러니 지원 사매는 좀 봐줘."

"……."

"무슨 벌을 내리든 내가 달게 받을게."

희원은 어째서 그가 지원을 이렇게 아끼는지 이해가 되지 않았다.

"…지원이가 그렇게 각별한가요?"

"각별하지. 사매인데."

"그럼 저는요?"

"응?"

"사실 홍시를 서리한 것이 뭐 그리 큰일이겠어요? 안 그래요? 그냥 한바탕 웃어넘길 수도 있어요. 더군다나 우리 문파를 구원한 사형께서 시키신다면 홍시가 아니라 그보다 더한 것도 가져다줄 수 있어요."

명화는 얼굴이 경직될 정도로 어색하게 웃었다.

"아하하, 그게 무슨……."

"무슨 말인지 잘 아시잖아요? 홍시 서리를 시키셨다고 해도 별일은 없을 거라고요. 제가 이 사실을 사부님께 고했다간 역으로 욕이나 먹지 않으면 다행일 거예요."

그녀는 자신도 모르게 서운함을 토로하였다.

"사형은 언제나 지원이에겐 친절하고 다정하세요. 하지만 저에겐 항상 거리를 두시죠."

"내, 내가?"

"어째서 이렇게 거리가 벌어지는 것인지는 모르겠어요. 물론 저에게 문제가 있어서겠죠. 앞뒤가 꽉 막히고 융통성도 없고 애교라곤 눈곱만큼도 없으니……."

"아니야, 그런 것이 아니고……."

그녀는 고개를 내저었다.

"됐어요. 듣기 싫어요. 홍시 사건은 아무것도 아니니 그냥 넘기세요."

희원은 그 즉시 보법을 전개하였다.

파바바밧!

"사, 사매!"

돌아선 그녀의 눈에선 눈물이 흘렀다.

'너무 못났다고 생각하겠지?'

그녀는 자신이 지원을 시샘하여 화를 낸 것이 너무 괴로워 우는 것이었다.

이 사건으로 인해 두 사람은 더욱 멀어질 것이 분명했다. 무엇보다 그 사실이 너무 가슴 아팠다.

희원은 한없이 날아 장원을 벗어났다.

*   *   *

며칠 후, 명화장원에 잔치가 열렸다.

사냥이 성공적으로 끝났음을 자축하고 명화가 문파를 지켰음을 치하하는 자리였다.

소, 돼지, 오리, 닭, 참치를 잡아 한 상 거하게 차리고 명화방 지하 술 창고에서 무려 100년 동안 숙성된 술이 함께 곁들여졌다.

천태홍은 이 왁자지껄한 분위기를 한껏 고무시키기 위하여 명화를 앞세웠다.

"모두 주목해라!"

"주목!"

"우리 명화방의 영웅이다! 오늘은 명화의 전공을 치하하는 자리이니만큼 모두 그에게 박수를 아끼지 말라!"

"와아아아아!"

짝짝짝짝!

사제들의 환호를 받은 명화는 깊이 고개를 숙였다.

"모두 고마워. 감사합니다, 어르신."

"아닐세. 자네가 없었다면 일이 이렇게 매끄럽게 해결되었겠나? 고생 많았네."

"감사합니다."

그는 잔을 들었다.

"모두 잔을 들어라!"

천태홍은 잔을 술로 채운 제자들을 향해 외쳤다.

"오늘은 마음껏 먹고 마셔라! 잔치는 흥겨워야 제맛 아니겠나!"

"예, 사부님!"

"건배!"

명화방의 제자들이 단숨에 잔을 비우고 음식을 나누기 시작했다.

천태홍은 자신의 곁에 앉은 명화에게 잔을 권했다.

"한잔하게."

"감사합니다."

그는 명화가 너무나 자랑스러우면서도 한편으론 미안했다.

"큰일을 했어. 앞으로도 그렇게 사내답게 살아가게."

"예, 어르신."

"그리고… 조만간 우리 장원을 떠나게나."

"……!"

"우리 명화방이 자네의 발목을 잡아놓을 수는 없어."

"하지만 그렇게 도망쳐선 무림의 통합이 이뤄질 수 없습니다. 잘 아시지 않습니까?"

"그렇긴 하지만 자네의 앞날이 너무 망가지는 것 같아서 더 이상 두고 볼 수가 없어."

그는 고개를 저었다.

"싫습니다."

"자네……."

"언젠가는 명화방을 떠날지도 모릅니다. 하지만 적어도 지금은 아닙니다. 지금 이렇게 떠나는 것은 그저 도망치는 것일 뿐 그 이상도 그 이하도 아닙니다."

천태홍은 뭔가 말을 이으려다가 이내 미소를 지었다.

"후후, 그래, 자네의 뜻대로 하게나."

"감사합니다."

그는 명화와 함께 잔을 비운 후 넌지시 결혼에 대한 얘기를 꺼냈다.

"기왕지사 일이 이렇게 되었으니 얘기하겠네. 정략에 대한 것은 어떻게 생각하나? 누가 좋겠어?"

"아직 정하지 못했습니다. 때가 된다면 어르신께서 점지해 주시지요."

"으음, 그래. 좋은 때가 온다면 그리하겠네."

천태홍은 개방과의 싸움으로 명화가 짊어진 짐이 너무 커진 것 같아 마음이 불편했지만 만약 그를 백년손님으로 맞을 수만 있다면 그보다 더 좋은 일은 없을 것이라 생각했다.

"자네가 우리 명화방의 사위가 되어준다면 너무나도 든든할 것 같아. 이 모든 역경을 이기고 무림을 통합하겠다는 의지하며 그 엄청난 무위까지, 나는 자네에게 매일 배우면서 살아간다네. 이 나이에 말이야."

"어, 어르신⋯⋯."

"아무튼 간에 언제라도 정략을 파기하고 싶다면 얘기하게."

"그럴 일은 없을 겁니다만, 말씀은 간직하고 있겠습니다."

명화가 그와 얘기를 나누고 있을 무렵, 저 멀리서 장기판이 열렸다.

술에 내기가 빠질 수 없는 법이니 제자들은 술에 취한 김에 거하게 장기판을 벌인 것이다.

장기를 구경하는 사람들은 저마다 돈을 걸고 돈을 건 사람들 중에서 몇몇이 나와 장기판 위의 말을 자처하였다.

"하하, 내가 포다!"

"저는 졸이 좋습니다! 단순하잖아요?"

"크흐흐, 그럼 내가 왕이다!"

명화는 꽤나 왁자지껄하게 장기를 두고 있는 광경을 흥미롭게 바라보았다.

사람으로 장기를 두다니, 너무나두 생소하지만 잔키에서 오으며 벌일 수 있는 장난 중엔 최고라 할 수 있었다.

한데 장기를 두는 모습이 약간 특이했다.

전략으로 말을 쳐서 잡는 것은 원래의 장기와 같지만 말이 서로 비무를 벌인다는 것이 달랐다.

졸과 차가 맞붙어도 졸이 싸움을 더 잘하면 차가 잡아먹히는 형식이었다.

"내 검을 받아라!"

"하하, 사형, 많이 취하셨습니다!"

"어라? 이미 내 배에 검이 닿았네? 내가 졌다!"

"와아아아!"

"이 녀석, 일부러 맞아준 거지?!"

"하하하하!"

"저놈 잡아라! 간첩이다!"

"와하하하하!"

하나 평소처럼 진중하게 대결을 하는 것이 아니라 마음이 동하는 대로 이기고 싶으면 이기고 지고 싶으면 지며 경쟁이란 찾아볼 수 없었다.

그저 한바탕 장난에 웃고 떠들면 그뿐인 것이다.

명화는 이런 순수하고 천진난만한 모습을 지켜보며 한 가지 고민에 빠져들었다.

"어르신, 질문이 있습니다."

"말해보게."

"왜 명문정파를 자처하는 이들은 명화방을 사파의 거두라고 손가락질을 하는 겁니까? 그들의 말처럼 우리가 천하의 나쁜 마두라면 지금처럼 순수하게 살아가는 것은 말이 안 되는 것 아닙니까?"

천태홍은 진득하게 한숨을 내뿜었다.

"흐음, 자네가 보기에도 이 무림이 돌아가는 판이 좀 이상해 보이나?"

"물론입니다. 어제 이곳으로 쳐들어온 개방의 장로들도 저를 미친놈 보듯 했습니다. 배움에는 왕도가 없는 법인데 왜 문파를 넘어 유학한다는 것이 미친놈 소리를 들을 짓입니까?"

그는 명화에게 담배를 권했다.

"한 대 피우게나."

"하지만……."

"괜찮아. 가끔 한 대 피우는 것은 괜찮네."

명화는 담배에 불을 붙인 채로 천태홍의 얘기를 경청하였다.

"자네, 우리가 왜 마두가 되었는지 깊이 생각해 본 적이 있는가?"

"그것은 명화방이 조로아스터교에 근간을 둔 문파이기 때문 아닙니까?"

"그건 그저 허울에 지나지 않아. 종교를 기반으로 한 문파는 많아. 도교, 불교, 유교 등 그 종류도 여러 가지지. 조로아스터교라고 뭐 크게 다르겠나?"

"흠."

"이상, 이념, 이것들이 다르기 때문에 우리가 배척받는 걸세."

"이념이라……."

"우리의 기본 교리는 사랑, 애민일세. 모두 다 잘 먹고 잘 사는 것이 교리인 셈이지. 한데 이런 이념을 가진 사람들이 모이다 보니 스스로를 지킬 힘이 필요해졌어. 그래서 오행기라는 군대도 직속부대도 조직하고 스스로를 지킬 무공도 창안하게 된 것이지."

오행기는 교주의 직속부대인데, 고대의 명교에 있던 개념으로서 지금은 사라지고 없었다.

이 사실은 명화 역시 역사 공부를 통해 알고 있었다.

"무공을 창안하고 힘을 키우다 보니 타 세력 간에 마찰이 일어나게 마련이야. 그것은 다른 문파들도 마찬가지이지만 명교는 엄연히 따져 동북아시아가 아닌 중동에서 넘어왔다네. 굴러온 돌이 세력을 키우니 박힌 돌들이 보기에 좋겠나?"

"흠."

"거기에 명교는 정부가 부패하여 민생을 고달프게 만들면 계몽운동도 벌였어. 타 민족이 원주민이 세운 나라를 지탄하고 공격한다? 아마도 본토에서 살던 무인들이 보기엔 그리 좋은 그림은 아니었을 거야."

"그런 사연이……."

"특히나 민족주의적 성향이 강한 사성회나 화랑회 같은 문파들과는 성향이 전혀 맞지 않아 마찰이 심했어. 거기에 우리가 중국에서 쫓겨나 일본으로 거처를 옮기면서부터는 그 골이 깊어졌지. 사실 우리는 일제에게도 탄압을 받았었지만 그것은 공론화된 사실이 아니었어. 그만큼 단절이 심했기 때문이지."

페르시아에서 시작된 명교가 어찌 보면 민족적인 침입으로 간주했을 수도 있는 일이고 그들이 계몽운동을 벌일 때엔 이교도들의 난리로 보였을 가능성이 높았다.

거기에 이해관계까지 얽히니 서로 사이가 나쁜 것은 당연한 일이었다.

"결정적으론 일본으로 이주하여 살아온 것이 문제였군요."

"그래, 맞아. 일본과 한국, 중국의 외교 문제가 발발할 때마다 곤욕을 치른다네. 특히나 일제강점기엔 지하 무림에서 거의 척살령을 내릴 정도였어. 우리가 일제를 지원한다는 소문이 돌았거든."

"저런……."

명화방은 역사의 소용돌이에서 피해를 받은 집단이었다.

그들은 고향을 떠나 이주한 곳에서 핍박을 받았고, 최종적으로 이주한 일본이라는 지역적 특성 때문에 최근까지 탄압을 받아왔다.

일제의 수탈을 함께 당하면서도 같은 무인들에게 배척을 당하며 살아온 그들에게 있어서 세월은 야속하기만 했을 것이다.

천태홍은 명화의 어깨를 꽉 쥐었다.

"앞으로 자네의 역할이 커. 이런 엄청난 짐을 짊어지게 한 것이 못내 미안하네만, 그래도 누군가는 해야 할 일이야."

"처음에 제가 이 일을 했을 때 아무런 생각 없이 한 것은 아닙니다. 그만한 각오는 하고 있었습니다."

"그래, 자네는 언제나 옳은 선택을 하지. 그래서 걱정은 되지 않아. 다만, 너무 미안해서……."

명화는 고개를 저었다.

"아닙니다. 옳은 일을 제가 할 수 있어서 영광입니다."

"그래, 그렇게 생각해 주니 너무 고마워."

"그런 말씀 마십시오."

잠시 후, 대화를 끝마친 그들에게 지원이 다가왔다.

"헤헤, 사형! 같이 놀아요!"

"그럼 그럴까?"

명화는 그에게 깊이 고개를 숙였다.

"말씀 감사합니다."

"아닐세. 가서 놀게."

"예, 그럼……."

천태홍은 명화를 바라보며 흐뭇하게 웃었다.

*   *   *

그날 밤, 거나하게 취한 명화방의 제자들이 삼삼오오 모여 숙소로 돌아가기 시작했다.

덕분에 왁자지껄하던 장원이 아주 조용해졌다.

"딸꾹, 딸꾹!"

오랜만에 술을 마신 명화 역시 취해서 비틀거리는 걸음으로 숙소로 향했다.

그런 그의 뒤를 졸졸 따라오는 이가 있었으니 바로 지원이다.

"명화 사형, 한잔 더 해요!"

"으음, 난 이미 많이 취했는데?"

"저는 뭐 안 취했나요?"

혀가 꼬이는 것은 둘 다 마찬가지였지만 끝까지 뽕을 뽑겠다는 생각을 가진 지원은 하사코 명화를 따라왔다.

"사형, 한잔 더 하자니까요?!"

"거참, 사매는 술도 세군."

"헤헤, 센 것이 아니고 사형이 그만큼 좋은 것이겠죠."

"하하, 그래? 그럼 뭐 한잔 더 해야지. 이렇게 귀여운 사매가 나를 좋다고 하는데 마다할 수가 있나?"

"좋아요! 가요!"

두 사람은 명화가 항상 나무를 다듬는 대나무 숲으로 향했다.

쏴아아아아!

마치 바람이 일렁이는 물결처럼 흔들리는 대나무가 우거진 이곳은 술을 한잔하기엔 그만이었다.

지원은 오늘 잔칫상에 나온 술을 한 말 가지고 와서 나무 의자 앞에 내려놓았다.

쿵!

"헤헤, 됐다!"

"우와, 사매가 이렇게 힘이 좋았나?"

"무공을 익혔잖아요. 저도 이 정도는 한다고요."

"역시 우리 사매는 못하는 것이 없군. 팔방미인이야."

"헤헤, 그래서 예뻐요?"

"응, 예뻐."

명화는 표주박 두 개를 놓고 단출한 술상을 만들었다.

두 사람은 항아리를 사이에 두고 표주박으로 그것을 마구 퍼마시며 술자리를 이어나갔다.

꿀꺽꿀꺽!

"크흐, 좋다!"

"역시 사형과 저는 뭔가 통해요. 이렇게 무식하게 술 마시는 사매를 예쁘다고 해주는 사람은 아마 사형밖에 없을 걸요?"

"귀엽잖아. 사매는 애교가 있어서 아마 시집가면 남편에게 사랑 받을 거야."

"헤헤, 정말요?"

"그럼. 당연하지."

그녀는 불현듯 잘 마시던 술잔을 내려놓았다.

"그런데 사형."

"으, 응? 갑자기 왜 그래?"

"저는 그런 것 싫어요."

"뭐가?"

"사형이 저를 어린 동생으로만 보는 것이요."

"그거야……."

그녀는 표주박을 내려놓고 명화에게 바짝 다가왔다.

술기운이 감도는 그녀의 발그레한 볼과 반짝이는 눈동자, 거기에 뚜렷한 이목구비가 조화를 이뤄 새로운 느낌을 주었다.

명화는 순간 술기운이 확 달아나는 것을 느꼈다.

"사, 사매?"

"사형, 이제 더는 어린애 취급하지 말아요. 저도 여자라고요."

"아, 알지. 사매도 여자야. 내가 그걸 왜 몰라?"

"그런데 왜 자꾸 귀엽다느니 장난으로 좋다느니 그런 소리를 해요?"

"그건 모두 사실이니까 그렇지."

그녀는 고개를 저었다.

"아니, 저는 사형 앞에선 여자이고 싶다고요!"

"으, 으음?"

지원은 눈을 질끈 감고 명화의 입술에 자신의 입술을 포개어 버렸다.

"후웁!"

눈을 동그랗게 뜬 명화는 달콤하고 향긋한 그녀의 키스에 정신을 차릴 수가 없었다.

평소엔 그저 귀여운 사매로만 생각했는데 한편으로는 아주 매력적이고 탐스러운 여인이었던 것이다.

명화는 스스로도 잘 모르고 있던 그녀의 엄청난 매력에 흠뻑 빠지고 말았다.

"으음……."

서서히 눈을 감고 그녀를 음미하던 명화는 자신의 무릎 위에 지원을 올려놓았다.

그러자 그녀가 스르르 눈을 떴다.

"사형?"

"이렇게 하면 되는 건가?"

"저도 잘 몰라요."

"편해?"

"응."

"그럼 됐군."

두 사람은 다시 눈을 감고 서로를 탐닉하기 시작했다.

스으으윽.

그녀는 서서히 명화의 윗옷을 벗겼고, 명화 역시 그녀의 옷을 한 꺼풀씩 벗겨 나갔다.

휘영청 밝은 달이 두 사람을 비춰주니 로맨스가 저절로 무르익어 갔다.

*   *   *

한바탕 잔치가 벌어진 명화장원을 돌아다니는 그림자가 있다.

"도대체 어디로 간 거야?"

희원은 밤이 늦도록 돌아오지 않는 지원을 찾아서 장원을 살살이 뒤지는 중이다.

워낙 술을 좋아하는 그녀인지라 한번 사라지면 찾는 것이 그리 쉬운 일이 아니었다.

술에 취한 동생을 찾는 것이 일상이 되어버린 그녀는 매번 가던 곳을 다시 가보았다.

그런데 어쩐 일인지 동생의 모습을 찾기가 쉽지 않았다.

"…뭐야? 어떻게 된 거지?"

그녀는 계속해서 발걸음을 옮기다 불현듯 매일 아침마다 장작을 패는 명화가 기거하는 대나무 숲을 떠올렸다.

희원은 고개를 가로저었다.

"아니지. 그곳에 있을 리가 없어."

애써 부정을 해보았으나 그녀는 자꾸만 대나무 숲으로 걸음이 옮겨졌다.

명화는 오늘 사제들과 꽤 많은 술을 마셨다.

그러니 어쩌면 종전의 사고를 만회할 기회가 생길지도 모른다는 생각이 들었다.

"그래, 정말 어쩌면……."

그녀는 무언가에 홀린 듯 걸음을 옮겼다.

뚜벅뚜벅.

자신의 발소리가 귓전에 울리는 것마저 민망하게 느껴졌지만 그래도 술에 취한 그의 모습을 상상하니 절로 기분이 좋아졌다.

"후후, 사형의 취한 모습이라니, 귀여울 것 같기도……."

이런저런 생각에 젖어 대나무 숲까지 온 그녀는 살금살금 걸어 명화의 거처의 앞까지 걸어갔다.

째액, 째액.

평소 명화의 주변에는 산짐승들이 많았고, 그는 그런 동물들을 아주 잘 돌봐주어 꽤 사이가 좋은 편이었다.

그를 따르던 동물들은 늦은 밤임에도 불구하고 바짝 깨어 있었고, 명화의 방에는 불이 꺼져 있었다.

"주무시나?"

희원은 문을 두드렸다.

똑똑.

"사형, 희원이입니다."

문을 두드려 인기척을 내어보았으나 명화는 아무런 대답이 없었다.

그녀는 무심코 문을 열어보았다.

끼이익.

문을 잠가두지 않은 것인지 나무로 만든 그것이 아주 쉽게 열렸다.

"어, 어머나!"

희원은 닫혀 있을 줄 알았는데 문이 열려서 약간 당황하였다. 그렇지만 용기를 내어 문을 열었다.

끼익!

"사형, 저 희원입니다만……."

"쿠울!"

"으음……."

문을 연 그녀는 충격에 빠지고 말았다.

명화가 평소 혼자 생활하고 홀로 잠들어 있어야 할 방에 나체 상태의 지원이 누워 있는 것이다.

두 사람은 실오라기 하나 걸치지 않은 채로 동침하고 있었다.

순간, 그녀의 눈동자가 격하게 흔들렸다.

"이, 이, 이⋯⋯."

"우웅, 사형, 사랑해요."

"⋯⋯."

잠결에도 명화의 사랑을 갈구하는 지원을 바라보니 피가 거꾸로 솟는 것 같았다.

하지만 희원은 조용히 문을 닫았다.

"어째서⋯⋯?"

그녀는 끝내 눈물을 흘렸다.

더 이상 파고들 틈이 없는 것인지, 어쩌면 평생 자신이 사랑하는 남자를 가질 수 없다는 생각이 그녀를 휘감았다.

희원은 좌절에 빠져들었다.

"끝이야. 나의 청춘은 이대로 지고 마는 것인가?"

머리를 부여잡고 괴로워하던 그녀는 이내 머리를 부여잡은 손을 내려놓았다.

그러곤 독하게 마음먹었다.

"이렇게 그를 보낼 수는 없어. 아직 시작도 안 해봤단 말이야."

희원은 정신이 나간 사람처럼 숲을 빠져나와 명화방의 지하 창고로 향했다.

지하 창고는 각종 서적과 무기, 그리고 약재가 쌓여 있는 곳이다.

그녀는 창고의 문을 열었다.

"역묘정, 역묘정……."

역묘정은 백회혈의 흐름을 아주 잠시 바꾸어 단기 기억상실을 만들어내는 효과가 있다.

약효가 도는 동안에는 깊은 숙면에 빠지기 때문에 누가 업어가도 알 수가 없다.

그녀는 역묘정을 들고 창고를 나와 두 사람이 있는 대나무 숲으로 향했다.

파바바밧!

희원의 다급한 보법이 평소보다 더 부지런하게 전개되어 금세 명화의 집 앞에 도달하였다.

그녀는 조심스럽게 문을 열었다.

끼이이익.

술에 취해 잠에 빠져든 두 사람은 여전히 미동이 없었다.

그녀는 환으로 된 역묘정을 물에 잘 개어 두 사람의 입에 한 방울도 남김없이 털어 넣었다.

그러자 두 사람의 백회혈이 역류하면서 깊은 잠에 빠져들었다.

역묘정은 그 효과가 아주 강력하기 때문에 현경 이상의 내공을 가진 사람이 아니면 기억을 복원할 수가 없다.

희원은 잠에 빠져든 지원의 옷을 입히고 그녀를 업었다.

보통의 여자라면 술에 취해 완전히 뻗어버린 여자를 업는 것이 힘에 부치겠지만 그녀는 무공을 익힌 사람이다.

"웃차!"

동생을 업은 희원은 바람처럼 날아 대나무 숲을 나섰다.

그러곤 평소 지원을 좋다며 쫓아다니는 타케시 모리시타의 거처로 향했다.

파바바밧!

타케시는 명화방의 주축이 되는 네 개의 가문 중 하나인 모리시타 가문의 장남으로 무공의 깊이가 깊고 머리도 뛰어난 편이다.

다만 사람이 너무 실없이 착해서 물에 물 탄 듯 술에 술 탄 듯 줏대가 없는 것이 문제였다.

더군다나 생긴 것 역시 여자처럼 곱고 예뻐서 남자다운 남자를 좋아하는 지원은 질색하며 길길이 날뛸 정도로 싫어했다.

그렇지만 남녀 간의 일은 어찌 될지 모르는 법, 그녀는 타케시의 곁에 지원을 눕혔다.

"으음……."

희원은 타케시의 입에도 역묘정을 잘 개어 넣어주었다.

그러자 그 역시 깊은 잠에 빠져들었다.

그녀는 첫 남자를 맞이했을 지원의 몸을 자세히 살폈다.

처녀막이 파열된다고 무조건 피가 나는 것은 아니지만 처음 관계를 갖는데 너무 강렬한 자극을 받아 피가 날 수도 있었다.

치마를 들추어보니 약간의 피가 묻어 있다.

"역시……."

그녀는 타케시의 옷을 벗기고 지원의 옷 역시 벗겨 버렸다.

그리고 지원과 그의 관계를 입증하기 위한 작업으로 동생의 체액을 모리시타의 중요 부위에 잘 묻혔다.

이제 내일쯤이면 두 사람은 영락없는 사고 친 남녀가 될 것이 분명했다.

희원은 미련 없이 돌아서 명화가 자고 있는 오두막으로 향했다.

스르륵.

그녀는 스스럼없이 옷을 벗고 명화의 곁에 누웠다. 그러곤 명화의 자의와는 상관없이 관계를 가졌다.

희원은 속으로 피눈물을 흘렸다. 하지만 그녀의 얼굴에는 미소가 완연했다.

'내가 살면서 단 하나 원하는 것을 내 손에 넣는 거야.'

다소 복잡한 밤이 깊어간다.

*　　　　*　　　　*

3개월 후, 명화는 홍치일과 오랜 죽마고우인 청진수와 함께 세계 곳곳에 있는 부패 무인들을 처단하는 길에 올랐다.

명화와 희원의 혼사가 정해지면서 각 무인 집단의 수장들이 양쪽 세력의 통합을 위한 지하 무림 연합을 발족하게 되었다.

3개월 동안 명화는 끈질기게 무림의 수장들을 설득하여 마침내 대통합의 기반을 마련하게 된 것이다.

하지만 아직까지 완전한 통합이 이뤄진 것은 아니었다.

그들은 명화의 결의를 시험하기 위하여 자신들이 정한 부패 무인, 혹은 지명수배 중인 중죄인들을 잡아 처단하라는 명령을 내린 것이다.

명화가 길을 떠나는 날 희원이 배웅을 나왔다.

"명화 오라버니, 잘 다녀와요."

"그래……"

그는 아직도 자신이 그녀와 동침했다는 것을 믿을 수가 없었다.

비록 한 번의 동침 이후엔 그녀에게 손을 댄 적이 없지만 그래도 조각 난 그날의 기억은 관계를 부정할 수 없게 만들었다.

'그게 다 그녀와의 관계였던 건가?'

명화는 여전히 혼란스러웠다.

그렇지만 이미 혼사는 정해졌고, 그녀로 인하여 무림은 통합의 시대를 맞이하게 될 것이다.

그의 친구 청진수가 희원에게 반갑게 인사했다.

"반가워요, 제수씨."

"네, 반가워요."

"이야, 명화 너 이 자식, 아닌 척 얌전하게 굴더니 이렇게 예쁜 약혼녀를 두었어? 역시 얌전한 고양이가 부뚜막에 먼저 올라간다는 말이 딱 맞아."

"…시끄러워, 이놈아."

청진수가 너스레를 떨고 있을 무렵, 최근에 두 사람과 의기투합한 홍치일이 한 수 거들었다.

"명화 자네, 너무 빠른 것 아니야? 무슨 약혼을 이렇게 속전속결로? 혹시 두 사람……."

"험험, 이 친구들이 왜 이래? 일단 가세. 갈 길이 멀어."

"큭큭, 정말인 모양인데?"

청진수가 심드렁한 표정으로 물었다.

"뭔가 있는데? 두 사람 혹시 벌써 일을 치른 것은 아니지?"

"험험험! 시끄럽다니까!"

그녀는 몸을 살며시 꼬며 말했다.

"…조심히 다녀오세요."

"어라? 부정을 안 하시네?"

"이야, 이 친구 정말……!"

명화는 재빨리 친구들을 아울렀다.

"험험, 가세. 이만 갈게. 몸조심하고 있으라고."

"네."

바로 그때, 그녀가 명화의 귀에 아주 작게 속삭였다.

"…당신의 아기가 들어섰어요."

"……!"

"그러니 반드시 돌아오세요. 기다리고 있을게요."

명화는 어떤 표정을 지어야 할지 몰라 고민했다.

그녀는 그런 그를 이해하는 듯 웃었다.

"호호, 알아요. 당혹스럽겠죠. 하지만 사실이에요."

"아아……."

"아무튼 아이는 제가 잘 키울 테니 걱정하지 말고 다녀와요. 큰일 할 사람이잖아요?"

"그, 그래."

희원은 명화에게 옥반지를 건넸다.

"받아요. 징표예요. 당신은 줄 것이 없나요?"

그는 자신이 사성회에서 받은 검을 그녀에게 건넸다.

철컥.

검은색 용 두 마리가 뒤엉키듯 승천하는 문양이 인상적인 검이다.

"받아."

"아들에게 전해줄게요."

"아들……."

"분명 아들이에요. 제가 태몽으로 엄청나게 큰 강이 요동치더니 저에게로 다가와 부서지는 꿈을 꾸었거든요."

"큰 강이라……."

"아들을 낳으면 이름을 뭐라고 지을까요?"

그는 큰 고민 없이 입을 열었다.

"태하. 큰 강처럼 세상을 품으라는 뜻이야."

"그래요. 알겠어요."

"그럼 이만 떠날게."

"네, 몸조심하세요."

얼떨떨한 기분으로 출정 길에 오른 그에게 한 여인이 달려 왔다.

그녀는 신발도 신지 않은 버선발로 달려와 명화에게 향했다.

"사형!"

"지원 사매?"

"잠시만요!"

지원은 살얼음이 언 홍시를 그에게 건넸다.

"받아요."

"홍시……."

"잘 다녀오세요. 그리고 부디… 행복하세요."

명화는 가슴속 깊은 곳에서부터 무언가 뜨거운 것이 울컥 올라옴을 느꼈다.

'이게 무슨 느낌이지?'

공허한 뭔가가 그의 가슴을 가득 채워 금방이라도 눈물이 날 것만 같았다.

그는 애써 웃음 지었다.

"잘 다녀올게."

"꼭, 꼭 몸조심하세요. 꼭이요."

"그래, 꼭."

"약속."

새끼손가락을 내미는 그녀에게 명화는 염주를 건넸다.

"약속 대신 줄게."

"염주?"

"금강회에서 수련할 당시 내가 만든 물건이야. 돌아오겠다는 징표로 가지고 있어."

"알겠어요."

두 사람이 헤어지는 걸음이 너무나 애틋해서 감히 누구도 말을 걸지 않았다.

그러나 길은 떠나야 했다.

"험험, 그만 가지?"

"으, 응."

"누가 보면 이쪽이 약혼녀인 줄 알겠어."

"무슨 실없는 소리를……."

"아무튼 잘 다녀올 테니 두 여성 모두 걱정하지 말고 기다려요."

"네, 그럴게요."

명화는 친구들과 함께 머나먼 여정에 올랐다.

*　　　*　　　*

이른 아침, 서울 외곽의 추모공원에 한 중년여성이 찾아왔다.

끼이이익.

그녀는 '김명화'라는 이름이 적힌 납골당 앞에 섰다.

"사형, 저 왔어요."

아직 30대의 외모를 가졌지만 그녀 역시 손자 하나 있어도 이상하지 않을 나이였다.

어느새 나이를 먹은 지원이 살얼음이 언 홍시를 납골당 앞에 올려놓았다.

그녀는 왼팔에 아주 오래된 염주를 차고 있었는데 그 염주에는 세월의 흔적이 가득했다.

지원은 어색하게 웃고 있는 그의 영정을 바라보며 실소를 흘렸다.

"훗, 사형은 어쩜 변하지를 않네요. 영정 속에서도 그렇게 딱딱하게 웃어요? 얼마나 사진을 찍기 싫었으면 변변한 사진 하나 없을까?"

지원은 가만히 사진을 바라보았다.

이제는 더 이상 볼 수도, 만질 수도 없는 그가 야속하기만 하다.

"사형, 기억나요? 제가 사형이 도끼질을 하고 있으면 매일 찾아와 수다를 떨곤 했잖아요. 사형은 그런 제가 귀찮지도 않은지 실없는 농담을 건네곤 했죠. 전 알아요. 이 세상에 사형 같이 다정한 사람은 없다는 것을요."

가정에서의 명화는 무뚝뚝하고 말수가 적은 편이었지만 친구들과 어울릴 때엔 아주 쾌활하고 어른들을 대할 때엔 예의가 바르고 명랑했다.

진중하면서도 담백하고 진솔한, 그러면서도 유쾌한 명화의 주변엔 항상 사람이 끊이질 않았다.

그런 그가 어째서 가정에 소홀했던 것인지 태하는 아직까지도 그게 의문이라고 했다.

하지만 지원은 그 이유를 너무나도 잘 알고 있었다.

그녀는 일기장 한 권을 납골당 위에 올려놓았다.

지원은 노트 한 권만을 남긴 채 돌아섰다.

교환일기

"또 올게요."

그녀가 떠나간 자리에 바람이 불었다.

휘이이잉!

노트에는 명화가 생전에 사용하던 필체로 남긴 글이 가득했다.

…아마 죽어서 천벌을 받겠지. 사부님도 미쳤다고 나를 욕하실 것이다. 아들은 나를 쓰레기라고 손가락질할지도 모른다.

그래도 난 내 길을 간다. 내 젊은 시절, 옳다고 믿을 것에 목숨을 걸던 그때처럼 말이다.

거짓말, 그 거짓말에 얽매여 살아온 내 인생은 다신 보상받을 수 없으니까.

무림의 진정한 대통합이 이뤄지고 나면 나는 다시 내 길을 걸어갈 것이다.

또다시 나를 미친놈이라고 손가락질하고 욕하겠지만, 사매에 대한 내 사랑은 변하지 않으니까.

내 아들들아, 나를 미쳤다고 손가락질해 다오. 그렇지만 이 아비의 결심은 흔들리지 않는단다.

휘이이잉!

또다시 바람이 불어와 장이 넘어갔다.

그 장에는 지원이 남긴 글이 가득했다.

…당신의 잘못이 아니에요. 어쩌면 그것들은 누구의 잘못도 아닐 겁니다.

과거는 과거일 뿐 앞으로 당신과 내가 바로잡으면 돼요.

걱정하지 말아요. 이제 당신에게 날아드는 돌, 제가 같이 맞아드릴게요.

*　　　*　　　*

날이 좋은 어느 날, 태하는 떠나간 부모님의 자리를 정리하고 있다.

그는 지금까지 가만히 내버려 두었던 부모님의 물건을 정리하여 이제는 그분들을 떠나보내기로 한 것이다.

태하는 가정 먼저 교환일기를 찾았다.

"어라? 이게 어디로 갔지?"

그는 가슴이 조여 왔다.

부모님의 교환일기가 밖으로 새어 나가는 날엔 천재지변이 일어날 것이기 때문이다.

"아아, 큰일이군! 내가 이것을 어디에 두었더라?"

태하는 무언가에 홀린 듯 집을 마구 뒤지다가 결국엔 장롱까지 다 들어내기로 했다.

드르르륵!

이미 인간을 초월한 그는 손쉽게 장롱을 들어냈다.

그런데 뜻하지 않게 장롱 아래에 사진 몇 장이 들어 있다.

태하는 그것을 꺼내어 보았다.

"이게 뭐지?"

사진 속에는 태하와 아주 많이 닮은 청년과 아름다운 여인이 함께 서 있었다.

그는 자신도 모르게 미소를 지었다.

"후후, 두 분의 젊은 시절인가? 어머니는 그때나 지금이나 아주 미인이시군."

태하는 사진을 조심스럽게 옮겨 테이블 위에 올려놓았다.

사진 속에는 함박웃음을 짓고 있는 명화와 '교환일기'라는 글귀가 적힌 노트를 든 여인이 서 있었다.

그녀는 팔목에 염주를 차고 있고 명화는 왼손에 홍시를 들고 있었다.

부스럭부스럭.

태하는 끝내 일기를 찾지 못하고 포기하고 말았다.

"후우, 이것 참……."

결국 포기한 태하는 어머니가 자수를 놓은 손수건들을 정리하여 진공 포장 팩에 넣기로 했다.

실온에 보관하면 손수건이 변색되어 버릴 수도 있겠다 싶은 것이다.

손수건에는 아주 환하게 웃고 있는 여자가 수놓아져 있었다. 그리고 자수의 모델이 된 그림들이 아주 잘 정리되어 그림첩에 담겨 있었다.

하지만 이상한 부분이 있었다.

그림 속 그녀는 환하게 웃고 있었지만 자수 속 그녀는 어쩐지 미소를 잃은 모습이다.

그러나 태하는 대수롭지 않게 진공 팩에 그림과 손수건을 함께 넣었다.

"같은 사람이니 같은 곳에 넣어도 상관없겠지?"

웃는 여자와 그렇지 않은 여자, 과연 누가 진정 행복한 삶을 살았을지는 본인들만 알고 있을 것이다.

『현대 무림 지존』 완결

초대형 24시 만화방

신간 100%, 샤워실, 흡연실, 수면실(침대석), 커플석, 세탁기 완비

▪ 시흥 정왕25시점 ▪

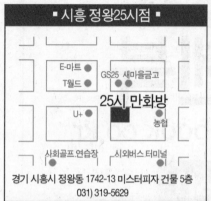

경기 시흥시 정왕동 1742-13 미스터피자 건물 5층
031) 319-5629

▪ 강북 노원역점 ▪

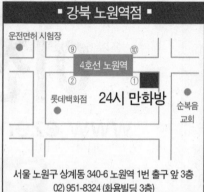

서울 노원구 상계동 340-6 노원역 1번 출구 앞 3층
02) 951-8324 (화용빌딩 3층)

▪ 일산 정발산역점 ▪

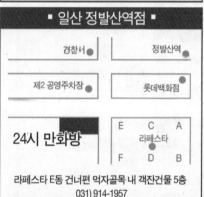

라페스타 E동 건너편 먹자골목 내 객잔건물 5층
031) 914-1957

▪ 일산 화정역점 ▪

경기도 고양시 덕양구 화정동 984번지 서일빌딩 7층
031) 979-4874 (서일사우나 건물 7층)

▪ 부천 역곡역점 ▪

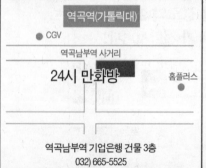

역곡남부역 기업은행 건물 3층
032) 665-5525

▪ 부평역점 ▪

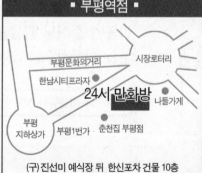

(구) 진선미 예식장 뒤 한신포차 건물 10층
032) 522-2871

FUSION FANTASTIC STORY

텀블러 장편소설

현대
천마록

천하를 호령하고, 전 무림을 통합한
일월신교의 교주 천하랑.
사람들은 그를 천마, 혹은 혈마대제라고 불렀다.

『현대 천마록』

무공의 끝은 불로불사가 되는 것이라 생각했지만
그로서도 자연의 섭리 앞에선 어쩔 수 없었다!

'그렇게 많은 피를 흘렸음에도 불구하고
죽을 때가 되니 남는 것이 없군그래.'

거듭된 고련 끝에 천하랑의 영혼이
존재하지 않게 된 그 순간
그의 영혼은 현세에서 천마로서 눈을 뜬다!

Book Publishing CHUNGEORAM

유행이 아닌 자유추구 -
WWW.chungeoram.com

미러클
테이머

인기영 장편소설

FUSION FANTASTIC STORY

MIRACLE
TAMER

이계진입
리로디드

임경배 퓨전 판타지 소설

FUSION FANTASTIC STORY

『권왕전생』 임경배의 2015년 신작!

『이계진입 리로디드』

왕의 심장이 불타 사라질 때,
현세의 운명을 초월한 존재가 이 땅에 강림하리라!

폭군으로부터 이세계를 구원한 지구인 소년 성시한.
부와 명예, 아름다운 연인…
해피엔딩으로 이야기는 끝인 줄 알았건만
그 대가는 지구로의 무참한 추방이었다.
그리고 10년 후…….

"내가 돌아왔다! 이 개자식들아!"

한 번 세상을 구한 영웅의 이계 '재'진입 이야기!

Book Publishing CHUNGEORAM

유행이 아닌 자유추구 -
WWW.chungeoram.com

이모탈 퓨전 판타지 소설
FUSION FANTASTIC STORY

용병들의 대지
Road of Mercenaries

이 세계엔 3개의 성역이 존재한다.
기사들의 성역, 에퀘스.
마법사들의 성역, 바벨의 탑.
그리고… 그들의 끊임없는 견제 속에 탄생하지 못한

『용병들의 대지』

전쟁터의 가장 밑을 뒹굴던 하급 용병 아론은
이차원의 자신을 살해하고 최강을 노릴 힘을 가지게 된다.

**그의 앞으로 찾아온 새로운 인생!
아론은 전설로만 전해지던
용병들의 대지를 실현시킬 수 있을 것인가!**

GAME BALL

게임볼 설경구 장편소설
FUSION FANTASTIC STORY

무명의 야구인이었던 남자,
우진이 펼치는 야구 감독으로서의 화려한 일대기!

『게임볼』

"이 멤버로 우승을 시키라고?"

가상 야구 게임,
게임볼을 통해 인생 역전을 꿈꾸는

한 남자의 뜨거운 행보에 주목하라!

Book Publishing CHUNGEORAM

유형이 아닌 자유추구
WWW.chungeoram.com

투신
강태산

박선우 장편소설
FUSION FANTASTIC STORY

무림을 휩쓸던 '야차(夜叉)'가 돌아왔다.

『투신 강태산』

여행사 다니는 따뜻한 하숙생 오빠이자
국가위기 특수대응팀 '청룡'의 수장.
그리고 종합격투기계를 휩쓸어 버린 절대강자.
전 세계를 무대로 펼쳐지는 투신 강태산의 현대 종횡기!!

"나는, 나와 대한민국의 적을, 철저하게 부숴 버릴 것이다."

서러웠던 대한민국은 잊어라!
국민을 사랑하는 대통령과 절대강자 투신이 만들어 나가는
새로운 대한민국이 펼쳐진다!!

FUSION
FANTASTIC
STORY

Miracle Direction
서산화 장편소설

기적의 연출

천재 영화감독, 스크린 속 세상을 창조하다!

『기적의 연출』

대문호 신명일과 미모로 손꼽히던 여배우 김희수의 아들 신지호.
일가족은 불운한 사고로 인해 크나큰 비극을 겪는다.
이 사고로 섬광 기억(Flashbulb memory)이라는 능력을 얻게 된 그 순간!
그의 모든 게 달라졌다.

"배우의 혼을 이끌어내고, 관중의 영혼을 붙잡아야 합니다.
그게 제 목표입니다."

완전한 감독을 꿈꾸는 신지호.
이제 그의 영화가, 세상을 홀린다!

Book Publishing CHUNGEORAM

유행이 아닌 자유추구 -
WWW. chungeoram.com